孫梓評

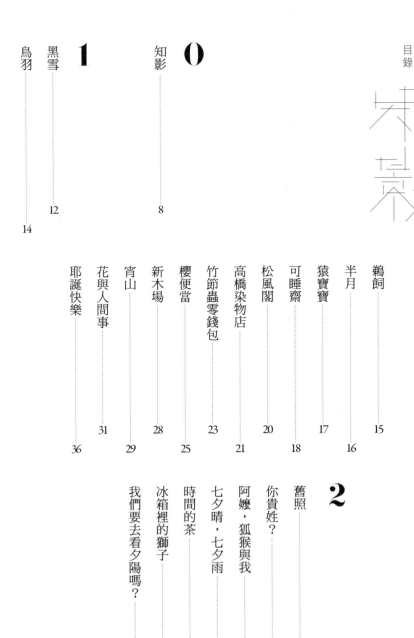

目錄

知影

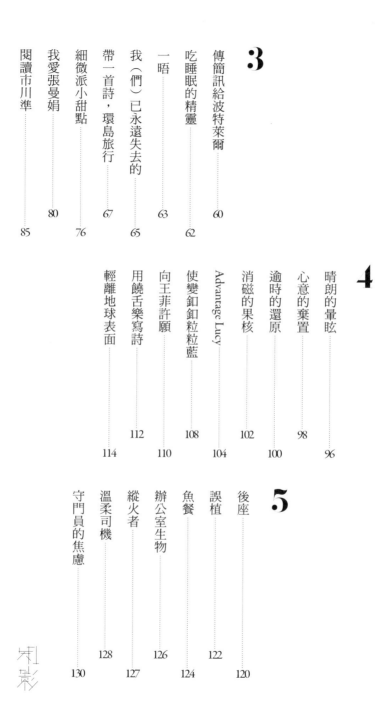

3

4

5

目錄

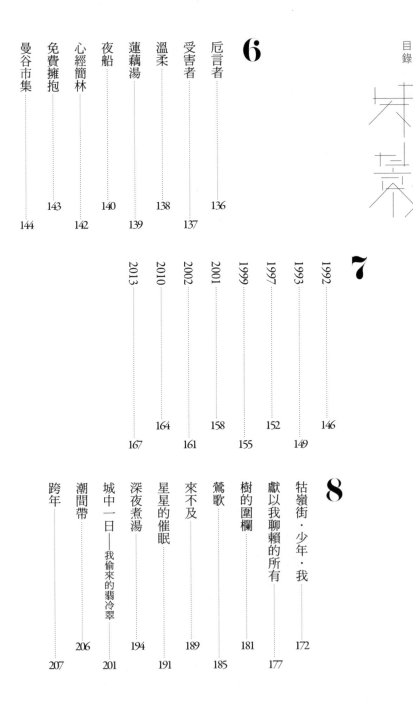

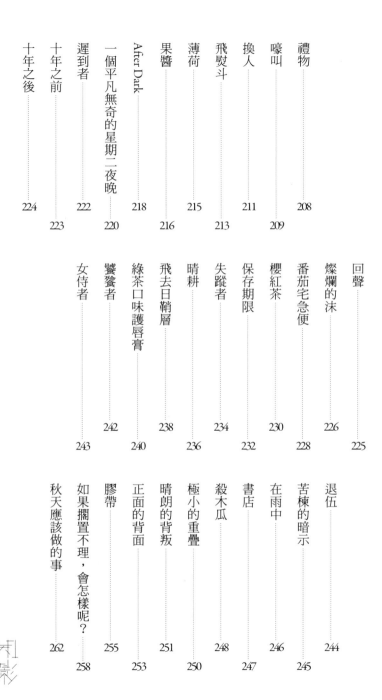

0

射影

知影

妹妹在LINE上說，她一歲多的女兒睡醒了，正在「罕明」——有點半夢半醒，或者還說著夢話。這個閩南語詞彙在家人口語間並不罕見。但到底該怎麼寫？好奇心被釣起來，我上網查。原來寫成「陷眠」。

覺得好美。睡眠像一片土司或者棉花糖，陷在裡面脫不了身。

類似的例子：小時候家人擔心我歹育飼，拜託菜市場裡爺爺奶奶的好朋友當我的乾媽。乾媽住在老家後邊山腰上，我們喚那裡為「山khiah」。Khiah，念起來總令我想起「畸」，以為那裡是某一塊畸零地。爺爺過世後，在乾媽家再往上的山坡覓了墓地，每年兩趟去「山khiah」，大年初二「探望厝」，清明是「培墓」。有年掃完墓，快抵乾媽家前，赫然看見公車站牌寫著「山隙」。

原來如此。一個小小的村子，勤於以牛奶液肥灌溉蜜棗，像一片造物者的拼圖，恰好嵌進了山的縫隙。

遲來的理解還包括，常常是應付長輩關心叨絮的一句「知影啦」，不像「知道」那樣確切肯定，亦不像「知曉」那樣通徹敞亮。

微微被理解的，只是事物的投影。

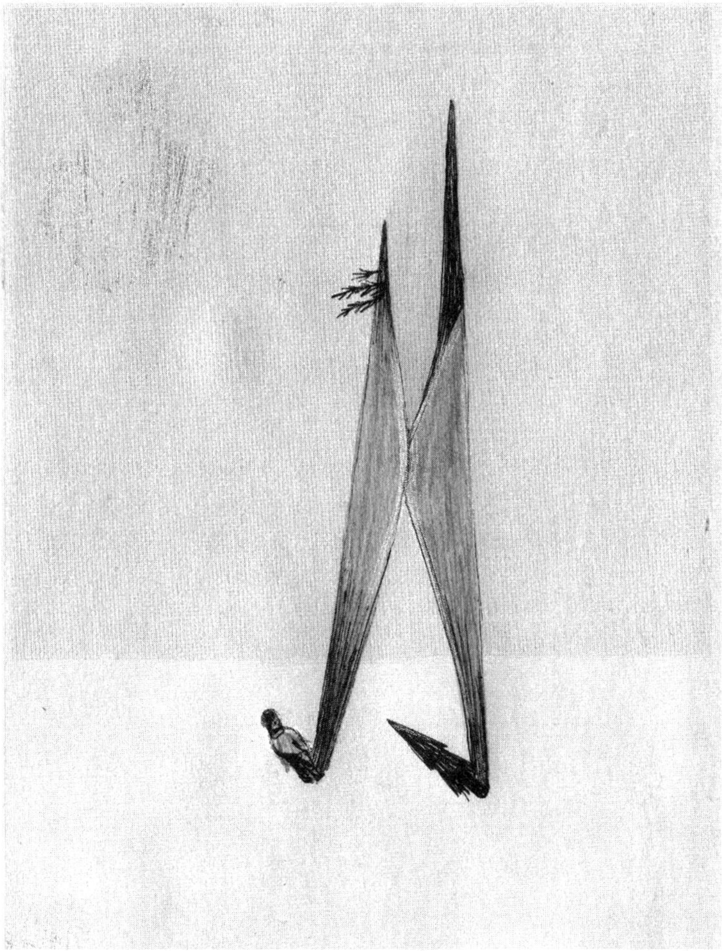

1

黑雪

飛驒高山市區盤桓一日，已完成觀光客行程。夕照中離開八幡宮，開始穿梭在兼賣草莓的精肉店或古怪玩具店。牛乳和蕎麥麵都吃過了，巨型猿寶寶也摸過了，正打算踅回飯店，巷口一家工藝店挾持了我。

再離開時，一只杯子成了旅伴。

硯色馬克杯，除闊圓杯底留有一小圈原色之外，無斑點紋路，純粹是黑。杯耳長而闊，易握。未上亮漆，那低調且含蓄的墨色，像誰在千百年前便寫好的一闋詞，雖非新鮮筆跡，卻更飽蘊時間之味。

一杯黑雪。用它盛水，喝來似也多點禪意。

流理台上，輪流擱著幾只身世殊異的杯子。也包括這只。使用時總微感驚訝，它杯口雖闊，卻不過分張揚，不至於拿它裝可可牛奶的程度；亦不算心腸窄仄，偶爾沖一杯普洱茶仍還合適。也許因為黑，看上去頗有分量，提起來卻意外地輕，像是骨架小的人，有一種學不來的優雅。因為私心，使用它的機會便多了些。直到有一日洗畢一只鐵鍋，要暫時騰到旁側等待晾乾，而忽然，鍋底掠過了它的杯緣——瞬間，一小屑黑雪掉落。

一整夜我翻來覆去：一抹黑中之白，如此純潔，殘缺。

鳥羽

鳥羽灣風平浪靜，白日晴朗湛藍漸轉為黃昏色，然後，終於不敵黑夜噴墨。公園的角落，有年輕家族四人正處理身上殘沙，母親剝著孩子的泳衣，父親往孩子身上澆水。我試圖尋找一間便利商店。一路往下走，打烊的渡口，可以開往《潮騷》的船已經歇了。日光燈閃閃照著幾排木椅，兩個少年走進來，其中之一快步爬上樓梯，不出聲，與另一個玩起猜拳。攀過鐵道，面對港邊的長街，一整排商店都閉緊了嘴。幾間仍耳語的食鋪或民宿，門口縛著大玻璃球。繞過龍瑛宗喜愛的詩人的家，還要再往內走，有小溪相逆，樹都枯著，不曉得有什麼躲匿在陌生。幾個轉彎，終於望見熟悉的便利商店亮光，又是兩個少年，不玩猜拳，坐在單車上聊天，其中之一捧一碗速食牛丼，可能美味，偶爾便分給同伴一口。港濱之夜，海女們已歸家，海豚們都睡了，儒艮應該也吃完了一天被配給的飼料，珍珠仍躺在青春期途中。我背包裡的久保新治，會在下一頁，與他心愛的女孩見面。沒有人畏懼黑夜噴墨，燈塔與潮水醒著，明日一早，還有船隻出發。

鵜飼

用過晚餐，眾人登上岸畔歇停的小舟。

舟子欸乃一聲將船推離了岸，河面風大，很快，接上另艘附有電動馬達的小艇，就更輕盈地優游於河面了。許多相仿的小舟在兩側候著。待煙火施燃完畢，從暗處，靜幽幽飄出一艘鵜舟，一舟三人，兩人控船，只見為首的鵜匠在一籠燒得熾烈的篝火照映下，從容以繩索和鸕鷀合而為一，繩子扣住鸕鷀的頸項，當牠潛入水中，捕捉香魚，還未及入肚，鵜匠便將鸕鷀擒上小舟，取出那香魚，如此反覆。為使觀者更清楚看見這千餘年前傳下的絕技，長良川兩岸店家，甚至配合調暗照明，眾人一齊跌入千年前的玄冥之夢，篝火熊熊燒得更烈，而鸕鷀拍翅、鵜匠抽繩，成為黑暗中唯一被照亮的動作。

人人屏氣凝望，直至最末，六艘鵜舟會合，長良川被照映得晃晃悠悠，掌聲大作，鵜匠將鸕鷀一一自水面喚回，勸入籠中。助手則俯身洗船，篝火焦炭墜入河面，彷彿，在那一秒，我們跌回現實。

半月

通往湘南海岸的秋天。陽光晴好，繞出車站，就直抵鎌倉古老繁華的小町。窄隘巷道兩旁密連著無數店家。小巧可愛的喫茶處、咖啡館，和、洋菓子老店並列，其中，我最私愛的便是鎌倉五郎本店的「半月」。這樣說，好像有些對不起附近的豊島屋或源吉兆庵，然而，味覺的日記總是如此私人，甚至無法與他人有效溝通。

一吃就難忘的半月煎餅，分抹茶、小倉兩味，與神戶老牌風月堂的法蘭酥相較，後者較為薄脆芳馥，半月煎餅則口感厚實，內餡含蓄低調卻又恰當好處。兩個半月，合成圓滿。包裝紙上藏匿在彎刀月後的兔子，好像也懂得這樣的美味。

猿寶寶

一路上我都避免買它，猿寶寶（さるぼぼ），據說是飛驒高山地區著名吉祥物。然而，走在高山微涼街町中，夕陽跟蹤於靜寂的賣店與寺廟，總不意與它相遇。也許因為它沒有五官、身著肚兜、手尖腳尖的模樣，和我慣愛的可愛系譜相去甚遠，我果真全身而退。搭乘「超廣角飛驒特急」來到一個小時車程外的溫泉區，非旺季，寄宿的旅館卓然立於山腰，門前一株老櫻，滿樹含苞，忍著沒有綻放。隔日破曉，雨聲喚醒，我梳洗後準備離開。也許見我隻身一人，溫泉女將盈滿笑意陪我站在櫻樹前等接駁巴士，她說：「現在還冷，下個月櫻花就開了。」我笑著點了點頭。臨上車前，她遞來一個小信封，「給你的小禮物，歡迎下次再來。」揮別了她與溫泉旅館，我打開信封，是一隻比掌心還小的猿寶寶，肚兜上寫著：下呂溫泉。

可睡齋

可睡齋一泊。

與一般想像中廟宇掛單極不同，兩人一室，雖無衛浴，但優雅精緻，房內除提供熱茶，還備有葛粉製甜點。寺內禁穿襪子，隨引導僧人穿行各祕道，每遇神佛，僧人會停步一拜，其步履不緩不急，踩在木製走道上，不發出粗魯聲響。品嘗過素製的精進料理，夜宿行程還包括寫經、坐禪。到抵一室，桌上已鋪好筆墨硯台，聽僧人講解：寫經不求書法之美，心誠則靈，在〈十句觀音經〉後，寫上心中所祈，再由廟方蓋上朱印，隔日早課呈於堂上，由眾僧誦經祈福。坐禪時，雙腿盤坐於黑色布團，雙手置丹田前，想像有一根透明的線由天空垂降，將背拉直，保持呼息均勻，堂中甚靜，靜到可以聽見比鄰而坐僧人輕嚥口水的聲音。在燃香繚繞中，等時間經過，晚間九時，暮鼓擊響。一早，約五時半得盥洗完畢，待僧人帶引前往本堂念經。堂中靜肅，住持先道過早安，眾僧就位，待晨鐘一響續著一響，有一人專司木魚敲擊，眾誦聲隨之而起，伴隨節奏饒有韻致，到一段落，再往御真殿續念。春有牡丹，秋有紅葉，可睡齋內還有一處「大東司」，供奉烏蒭沙摩明王，不留意看，不會知道原來它是洗手間。

松風閣

因為看過黃昏時，松風閣背面的燒津市托起一輪橙月，而正面的駿海灣彼處，則有富士山靜靜歇在地平線上。於是明白了何以這方立於斷崖、易守難攻的溫泉旅館，會成為日本天皇下榻的選擇。享用過櫻花蝦，魩仔魚等當地美食，夜裡，浸泡在海風襲來的黑潮溫泉，抬眼看見「星星都已經到齊了」，心裡就打定主意：待隔日一大清早，一定要在溫泉池裡迎接日出。

睡覺時，關掉音樂，聽見玻璃窗外好清楚的潮聲，拍打著夜晚。不遠處即是超現實畫家石田徹也的故鄉，不曉得他是否也聽過這樣的催眠曲？

春宵苦短，很快天已濛濛亮，厚積雲層之後，淡橘色朝霞塗抹整片天空，富士山的腰線，也隨著變換顏色，不久雲邊露出金芒，照亮一片海，也驅逐了溫泉上的薄暗，在無色無味的湧泉裡赤裸著身體，好像一個重生的嬰兒。

高橋染物店

在燒津停留的時間其實很短。負責接待的無糖先生，據稱第一次接待外國人。他聽說了我們此行的撲空之旅：看不見富士山的瞭望台，沒有溫泉的spa會館，沒有鬱金香的大公園，沒有蘆薈的蘆薈園，連當季的梅園，都在門口掛上「梅季終了」。他整個人差點像漫畫人物那樣趴跌在地。燒津賞臉，不知名的河邊開了河津櫻，背景是當地酒廠磯自慢。大家便聊勝於無地拍了起來。雖然，此行的重點其實是到高橋染物店體驗畫染。店家前一夜先將顏料調好，就著一式一樣的「大祝漁」字樣，一人一筆小學生般畫起來。場地是染物店後院的空曠處，陽光熱呼呼，畫了約五分鐘，大家邊聽著第三代老闆的解釋，邊開始用中文碎念：「真的會有人來參加畫染嗎？」無糖先生說，「會呢。」他自己就染過兩次，一次是工作接待，一次是自己又跑來。因為第一次，想了好久，不知道該畫什麼顏色好，「為什麼你們台灣人好像很快就都有了主意？」他來回於五張畫布之間，「而且配色完全沒有重複。」他說，「日本老太太在畫的時候，考慮得才久呢，大家總會參考一下別人怎麼畫。」我畫累了海浪，將富士山塗成紅色。他ㄟ了一聲，「紅富士？」我請翻譯解釋：「是啊，此行有人一直堅持要拍富士山，卻怎麼也拍不到，望眼欲穿，富士泣血。」他笑了出來。接著，看見同行的S一片海都抹成紅的，他ㄟ了更大一聲，S淡淡說：「幫我翻譯一下，這叫做慾海。」

竹節蟲零錢包

初次到日本旅行，就被一大堆零錢給打敗了。那瑣碎又複雜的銅板，在還沒有SUICA的年代，使我在便利商店中不知所措，它們亦成群結隊，成為惡勢力，在我褲子的口袋裡敲響彼此。

當行程來到立山黑部，我隨人們步入一間紀念品賣店，目光被架上陳列的各色小物攫獲。其中令人愛不釋手的，是一只手工藍染的零錢包，上頭還縫著類近竹節蟲的圖案。為了降低銅板的笨重感，我立刻決定買下它。自口袋裡拎出那些陌生的硬幣，一網打盡放入零錢包，忽而感到清爽。

沒有想過，二十年來，每回出國，它成為我最忠實的旅伴。

它裝過擎起火炬的自由女神，將被撤換的英女皇肖像，達文西繪製的《維特魯威人》……當我購買一隻甜筒，挑選兩張明信片，外帶一杯蜂蜜菊花爽，接過店員細心裝好的櫻餅……總是自背包或外套口袋中尋出它，翻找它身體裡的零錢，進行一場小而甜的交易。

旅行中，這一必備行李，似乎比鬧鐘、盥洗用品、換洗衣物都來得重要。當回到台灣，我習慣將用剩的零錢倒出，丟入一個小盒，再轉身將竹節蟲零錢包與護照一齊擱進書櫃，彷彿書櫃才是它的海關。當祕密籌備下一次旅行，我又迫不及待將它找出，撫著它編織的觸感，閉上眼，像已走在異國街頭，下一個轉角總有未知發生。

櫻便當

隨興走逛所有古蹟與新潮景點，金澤第三日，即將搭乘濃飛巴士前往白川鄉。出發在即，金澤百番街物色了一個櫻便當。雖然凜凜風中，櫻花還未脫胎，無論是兼六園、21世紀美術館、尾山神社……乃至尋常路町邊，只有枯瘦枝椏在青空中畫出沉默線條。

遇不上櫻花，那就買個花見便當吧。

日本便當文化繁複無匹，當我在島城重複日常工作，沉悶無趣的夜晚，時常翻閱便當女王所寫的指南解饞。看她沿鐵路線，一站一站吃遍，我像背誦月考題目一樣，逐項逐項記憶著。

因此，剛到金澤那天，我立刻買了北陸本線福井站所製的烤蟹便當。北陸因臨日本海，秋冬蟹季正盛，故有季節限定的產品。烤蟹便當製作得相當用心，除了有螃蟹形膠盒裝盛，裡面還附上貨真價實蟹足四管。當我忍著餓意，小心翼翼從驛站人員手中接過來，不禁想像它熱煙四冒的情景——實情則是，烤蟹便當遠比想像中小且昂貴（約莫只比掌心大些〕，冰冷的蟹足還逸出了一些腥，啊，有些事物原來總是想像為佳。

也因此，當我又因為種種緣由，必得以櫻便當為午餐時，心情著實複雜：美則美矣，但味道呢？我趁著車開動前的短暫時間，拆開便當，拍照留念。

粉緋色的方形便當，小巧而高，分上下兩層，用薄薄的保麗龍製成的便當容器，潔白底色上頭密密麻麻綴滿櫻形狀。盒蓋掀開後，菜譜另紙說明，食物上頭則覆以一層纖美的和紙。

上層是：小巧炸雞、墨魚明太子、煎蛋、山菜美乃滋、新筍、櫻花蒟蒻、鱒魚幽庵燒……下層則是：鮭、鯛兩種口味的笹壽司（有點像柿葉壽司，不過葉子用的是寬片竹葉）、太卷（一原味，一錦系）、鐵火卷……

彷彿櫻花下的盛宴，看著，不捨得動箸。

車子開動了，提早一個月在網路上畫位的結果，就是被安排在類似車掌小姐的專屬座位——儘管整輛巴士只坐了三名乘客。

車窗外滑過我獃了兩日的金澤市景，很快地彎上了高速公路。

我打開便當，先吃上層，幾乎所有食材都涮過櫻漬，因而有份清麗的香。每一樣都精緻用心，雖然冷冷的，卻很幽雅。下層的笹壽司是我的初體驗，當我打開葉片，用手指盛起方形壽司，香氣撲鼻令人著迷。醃過的鮭魚片上佐著柚皮，入口生津。鯛魚口味亦風格別具——充滿驚喜而又飽足的櫻便當，食畢，喝一口熱罐裝加賀棒茶，緩和嘴裡的煙火。最後的甜食是櫻餅，半透明糯米包著紅豆餡，再以櫻葉輕巧裹裝起來，啊，嚥下這甜鹹兼備的美好句點，白川鄉已在視線不遠處。

新木場

新木場的夜，岸田繁像宿醉般低聲說，お早うございます！くるりです！

剛從公司下班趕來的職場新人，臉上還帶著學生氣，脫下西裝外套，直接就在襯衫外頭套上了樂團T。天冷的緣故，大家湊在一起輕輕搖擺。

宵山

頂著烈日前往晴明神社，與幾個穿著浴衣的男女擦身。一向冷靜的公車站牌，因等車人衣著的不同，畫面亦出現溫差。實在太熱了，一整天我忙著喝水吃冰。茶室裡將兩種口味的茶煮成糖水，淋上雪白小山狀清冰，糖水迅速侵略了冰山。拿湯匙舀著，舀著，原以為不可能吃完的，也吃得乾乾淨淨。

終於黃昏，隨人潮湧出地鐵站。祇園祭前夜，一群小學生，半抽長的身子，改變中的喉嚨，也模仿大人樣，推推攘攘溶進日暮街道。八坂神社前，長長的四条通全成了步行者天國。山鉾如地圖所示，在各街巷中亮著燈籠。人流分道，一往一來，負責吹奏祇園囃子的隊伍隱在其中。稍靠近裝飾華麗的鉾車時，大家像被石頭絆住的流水，紛紛拿起手機拍照。

雖然隔日的山鉾巡行，才是祇園祭重點，但夜色中的大型派對，實在歡快又多采。兩岸店家紛紛在門口擺出小攤，更多臨時搭起的矮棚子們，底下是撈金魚、烤肉串、漬小黃瓜、雞蛋糕、涼飲、啤酒、蕨餅……戴著卡通面具的少女開心經過放下銉，負責炒麵的男孩被熱氣蒸紅了臉。黑暗中，街道與街道相交之處，好像總有什麼在閃閃發光。

走累了，攜著手的男女席地坐下。前方義大利麵店員工們，手拿著紅酒杯嘩地一聲乾杯。丼飯和咖啡館的員工也大聲對空氣吆喝。長長人龍，排隊等待窄巷裡的拉麵屋。

直到夜深，臨近四条通的旅館，還隱隱聽得見人聲像浪，輕輕拍過來。

花與人間事

巷弄中，從平等院牆畔越獄而出的枝椏，花苞微啟，像一句含在口中的說話。人們低頭走過，穿越微涼，偶有餐館邊一枝開得較盛，或許三分，總覺得潺潺水流像花的催眠曲，聽過幾次流水聲，花才會甘心綻放？

一日晃盪，原想去尋綿矢莉莎小說裡寫的那處MUJI，不知怎麼，一枚欠踹的背影一直擱在心上。然而車站附近踅了幾回，記憶中屬於近鐵百貨的位址只有一片空白，像顆缺席的牙。不死心仍拉著路邊分送廣告面紙的人詢問，換來一臉茫然。失落忽湧，我只是個路過的人，卻也因古都身上一寸變滅而彈動。

終究沒等到京都的櫻花。搭東海道新幹線，列車畫過窗外看不見的風景，抵東京後，復換一班車與夜歸人臉貼臉背接背，出站已是午夜。朋友等在微濡的高架月台出口，相視一笑，都說倒像回國接機。

拉行李箱走過謐靜住宅區，輪子叩隆作響。兩個人顧著說話，講幾天前島上才落幕的大選，隔著一片海，遠方的激情似乎更顯微妙。談笑間，經過那幾棵櫻樹也沒留意，風中微寒，盡早躲進屋子裡吃一碗熱杯麵、敞開箱子分享前幾日的北陸行程才是更要緊的事。

隔日早起，散步出門。又走同樣的L形往車站，整修中的牛丼屋，詭異而晶亮的柏青哥店，生意慘淡的韓國冷麵店略顯寥落，偶爾被一、兩輛單車追過。空氣倒有些不同。攝氏十六度。色調偏暖。朋友被訓練為在地化、腳程快些，已搶先看見前頭一小片公園——花開了。

「前一日還沒有的。」他強調著，我也跟上腳步。是的，一夜之間，花全開了。襯著淡藍色天空，環著空地幾棵不知歲齡的櫻樹，慷慨地張嘴，吐出那句囁嚅多時的密語。在說什麼？也聽不仔細，一顆心都被細弱頑強的花瓣綻滿。地上有幾朵招風墜地的，拾起，放在掌心拍照，像抓了犯人存檔，這下子可逮著了。

一段短程，愈走愈慢。沿途人家矮牆裡的一株，幼稚園門口當招牌的五、六株，對巷隱約探出頭來的，兩株，全都像小而細碎的呼喊。誘著耳朵，滯著腳步。

當日行程馬上決定：上野。

雖是週間，車站卻排滿被魔笛喚來的人。上野公園摩肩擦踵，都為同一樁花事。

我也尾隨著人龍，沒入櫻花隧道。枝椏上密密沾滿的雪，既像凝視過幾個世紀的歐蘭朵眼神，又彷彿新生不解事的嬰兒宇宙。不曉得打哪來的人：西裝男，流浪漢，大嬸，OL，高校生，年輕戀人，全聚滿了。樹下鋪著亮青色塑料布，斜斜歪歪，端端正正，前前後後，也坐滿了。偶有一人樂隊據著轉彎岔口，旁顧無人敲打起來。電視台拉長了錄音器，鏡頭前中年男人微笑受訪，小學生踢著足球，歐巴桑驚歎聲忽高忽落，不分年紀男女都拿出相機，喀嚓！

墨色樹幹上，掛著學名：染井吉野櫻，初綻時有淡淡緋色，完全綻放後，逐漸轉白。花，開得乾脆俐落，從每一吋延長的細椏上，脫光葉子，好純粹只有細瑣布滿的櫻瓣。遠望時，走道兩岸白蓬蓬燃燒起來的群樹，伸長了手想要觸摸彼此，但每一次觸摸，都只是換來更大規模的燃燒，在微要瘋狂的前一刻，所幸路就走完了。彎向不忍池畔，鷗鳥隨意棲於水面，枯稈提醒著冬季方才離境。旁側賣店是炒麵，關東煮，什錦燒，食物之味熱呼撲來，瞬間滅了淡淡櫻花氣息。

朋友帶我去池畔附近的蓮玉庵，1860年開業迄今，不知有多少人來用過一樣的蕎麥麵？店裡應景推出三籠式涼麵。其中一款擀入櫻葉，吃來餘香不散。

隔日，還不過癮，又往吉祥寺出發。不消說，人潮自小站洶湧而出，浮浪般推向花海。通往井之頭公園小路密不透風，充塞燒烤味與叫賣聲。而池子兩側枝垂櫻像芭蕾舞者的身子，彎曲成美麗的弧，水上有復古天鵝船。我和朋友跟上遊客隊伍，邊偷窺坐在水畔的人，手中便當菜色。他們在談些什麼？一生能看幾次櫻花？下一次會與誰比肩同坐，讓視線於水面喧譁垂釣？當回程電車一站一站在日常而陌生的街道中穿越，望見遠遠近近的櫻樹像一束束神祇贈送的花束，為這城市慶賀祝福，眺著花色，心裡總滿滿的，我是意外獲得太多祕密的人，興奮，焦急。

轉眼假期結束了。朋友送我上成田特急，車窗外他拎著一把透明傘，對我揮手，又做了幾個鬼臉。離別招致潮濕傷感，我想像如果隻身留在異國的是我，攤展於面前的將會是怎樣的路途？

自桃園機場回家的接駁車上，窗外似有一種冷靜逼近，或者只是夜了。試著發一通簡訊給朋友，寫：我們好像從一個歷史的點上逃開了。

該說是幸運嗎？我並沒有見到花落的那一刻，但殷殷關切。朋友體貼寄來照片，花瓣紛紛撒落河裡，像集體自盡的士兵；或沾溼於泥土地，也就髒了。欲潔何曾潔？原來是這樣的鐵道理。

倏忽一年。

前兩日因事翻出《荒人手記》。書裡夾著一幀年輕男孩，與我同一宿舍，並不互識。只因為當時我與也讀了小說的H說，那男孩簡直是書中費多化身，H便悄悄啣來一枚快照。照片就以這樣的緣分留在書裡。我翻開書頁忽又望見，好奇費多近況，便上網查詢。而始知，人生遠比小說離奇——新聞網頁冷冷說明：在結婚前夕，他與未婚妻口角，深夜自高樓一躍而下……落花猶似墜樓人？哎，費多。也許只是無用的後見之明，但想像飄遠至一件件生命中擦身後凋敝的緣分，莫名的愧疚將我鯁住，為什麼，他沒有被任何理由在絕望前一秒撈起？我多麼縣望，費多不死，還能輕快地自第九十四頁起身、還原。

同一日，電子郵箱裡，東京朋友寄來櫻前線，花將要開了。

耶誕快樂

不知用意何在：行道樹枝椏包紮傷口般纏滿靛藍小燈泡。顏色嘈雜，各類燈光交織如高分貝噪音，爭著向夜空索取一點什麼。大片LED電視牆，一次次重播廣告。就連開幕未久的雪白影城，標誌洗手間的鐵製小人兒，也應景戴上紅色小帽子……原來，這就是東京的耶誕節。沒有想像中夢幻，怎樣才算夢幻？最平凡的奇蹟無非是活著。依自由意志搭乘飛行器移動。看過北國乾乾淨淨的黃昏色。然後墜向夜晚。

朋友領著我穿過夜晚。熟門熟路溶入窄瘦摩天樓。電梯打開，闔上，動作重複，每一層都能窺見外頭不同店家。等新宿矮了下去，我們便抵達高空居酒屋。坐在位子上抵著窗眺望，人車分流，各有去處。「這大概是今晚少數不賣耶誕大餐的地方吧。」朋友笑著說，邊在時髦的點菜板子上輕按。炸藕片，起士焗豆腐，明太子雞翼，都好，都想吃，都來一點。這當然還是說出「とりあえず、ビール」的好時機。

忘記為什麼挑了這一天抵達東京。剛結束一個階段的混亂，或者並沒有結束，只是假裝逃開——這一年，朋友久病的父親辭世。我的家族添了無血緣的新成員。朋友獲得異鄉工作邀約。我在上班途中遇到巨大彩虹，一路著魔跟拍。朋友從埼玉線搬到西武新宿線。我的客廳地板在寒流拜訪的夜，突然整片隆起，像屋內小型造陸運動。當朋友穿越了銀杏與紅葉，整個秋天，因為一篇作業，我每日耽看市川準遺作，《鶇》裡美麗的牧瀨里穗在高圓寺打工的咖啡館，會是我來東京的理由嗎？或是，每天下班經過一片廣場，一座狀似奔跑的巨大紅色人形，矗立在馬戲團模樣的入口上方，我總想：他要跑去哪裡？我與朋友，並不談論這些。我們吃著，喝著，讓話題輕快停靠在雞肉串燒或炸蝦片，就像那一日，在他父親臨時停靈的牌位前上香後，多出來一點時間，決定開車到九份。年輕時一起去過的九份改變了許多，我們何嘗不是？

離開居酒屋。沿街是百貨櫥窗亮晶晶。走向前去，一台攝影機逕將靠近的好奇行人錄下，再透過特殊軟體播出。於是，螢幕上的我，就成了一把大鬍子的聖誕老人。朋友也貼近攝影機，櫥窗就獲得了兩個聖誕老人。幾名真正變裝成聖誕老人的年輕男女，聚在路邊嘻嘻哈哈，人潮一波波湧上，又退去。車站內高潮似乎才要開始：卸下白日秩序井然的表情，醉倒扶著柱子發呆的，二次會散場正跟彼此告別的，面無表情想避開這一切的……我們搭上一班奶黃色電車。

夜車晝開東京都心，將種種喧鬧擲在後頭，規律鐵軌節奏中，突然想起多年前，也是個平安夜，我和朋友約了吃飯，因為下班時間曖昧，並未先預約餐館。碰頭了，我們才兜繞著街道，望向一間又一間滿座店家，好不容易，找到兩個空位將自己塞進去。那一餐飯，我們聊了什麼？朋友其實是喜歡過節的，他有一種還未毀損的孩子氣，面對鏡頭，總能擺出剛剛好的笑臉。他不懂我為何這樣彆扭，無論拍照時僵硬的肢體，或是不愛湊節日熱鬧。好像我曾這樣解釋：「你不覺得一過了耶誕節，那些耶誕樹和耶誕裝飾，看起來都有一種淒涼的感覺？」沒有說出口的：曾經太在乎這個節慶所該有的偽幸福感，往往……事與願違。於是開始假裝不在乎，裝久了，居然也有點逼真。

電車行進著，白晃晃燈下，對側車窗映出我們並坐的臉。不曉得他是否還記得這些？只見他低頭刷著智慧型手機螢屏，沒有說話。

回家梳洗過後，朋友將軟舖讓給我，自己睡了硬墊子。隔天一早，要去吃麥當勞早餐，然後走逛《料亭小師傅》的神樂坂。我將被子拉緊，蒙住臉，六度低溫，儘管房間開了暖氣，好像還感覺得到寒氣自窗縫躡足進來。出發前我寄了張耶誕卡給朋友，想比賽看看，我和卡片，誰先抵達。卡片是一隻豬扮成聖誕老人的模樣，我猜他收到後，會將它置在靠牆的小棚架上，我瞄了一眼，那裡站著一些別的卡片，沒有我寄來的。

朋友滅了房燈，早點睡吧——おやすみ，像是什麼親切的店老闆將要打烊前的口氣。我在黑暗中咀嚼多時，始終沒有說出那句：耶誕快樂。

2

舊照

除夕下午回老家祭祖，只見老爸著手調整龕燈，老媽勤拭香爐邊溢貯的灰，我賊手賊腳溜回他倆昔時臥室，小電視上擱一幅結婚照，掌心大小，在夕日撫摸中漸褪色澤。順手拿起手機翻拍，老爸清瘦的臉龐比現在的我還小上十來歲，老媽頂著一襲別致的高帽婚紗，據說當年未滿四十公斤引發眾人討論，兩人都手握舊式酒席玻璃杯，佯作敬酒狀——我趁空檔秀出照片給老媽看，她笑著要我看仔細。我還來不及破案，她已經揭穿老爸那不自然的鬢角與瀏海，居然是一頂假髮！

喜幛前，不知是誰，隨手一按而成的影像，相片裡的新人，是否想過未來的未來？為了遮掩退伍未久的小平頭，刻意戴上假髮，那個年輕男子，在十多年後將遭遇父喪、鉅額跳票，卻逆勢而起，穩穩撐持住一個家。他與他的妻，在舊歲午後，一起整理佛堂，久違陽光照落花紋複雜的磁磚。

夜晚眾人散去，我獨自在床上重讀手機裡一天的照片。上一幀是泛舊婚照，下一幀是他倆並肩燃香的側影。忽然想起：好巧，他們不就是三十五年前這一天結婚的嗎？來回滑動手機螢幕，眼淚靜靜，溢了出來。

你貴姓？

午飯時間，妹妹回報戰情：陌生阿婆在院子前方十點鐘方向尿尿。老媽手中花枝丸擱下，燙青菜撈起，循聲抬頭，語聲淡定，派小兵一枚飯後為眾花草樹澆水，順便沖掉阿婆的液體留言。待陽光稍老，我握持水管像哄拉著一尾黃蛇，掐著頸項要它吐水，水柱呈完美拋物線，往小葉欖仁的細葉降落。院子旁側是間全日開放的咖啡店，人來人往，歪斜停著機車與汽車。不曉得當時在半露天座位啜飲拿鐵的路人甲乙丙，可也直擊此一即時新聞？我手中的蛇，蜷行在曝光過量的午後，花草樹勞軍完畢，水柱也顯得懶了，弱弱灑降在幾株喪氣垂頭的小紅花，忽然一位陌生女士，正要踏過阿婆私人的行動廁所，鞋子巧妙避開了潮濕處島緣，四目相接的瞬間，她睇著我，問：「你貴姓？」我手握武器，無法判斷來人是友是敵，唯有老實回答。那位大姊一笑，「你看起來好面熟。」一說完便轉身走進咖啡館朗聲點餐。我獃立原地，黃蛇繫緊水龍頭的尾端無預警洩開，水柱倏然啞了，陌生阿婆來訪痕跡已不復存，街尾傳來垃圾車走音的預告。

阿嬤，狐猴與我

母親節中午，家人各有行程四散，只剩晏起的我，和兀自在廚房裡兜轉的阿嬤。阿嬤八十多歲了，聲嗓洪亮，輕微重聽，膝關節退化，但腦中世界縝密如昔，能靈活使刀，在掌中切好一顆奇異果。當然，煮一缽微逸酒香的米糕，或蒸十數杯碗粿，也難不倒她。

餐桌前坐下，夾起熱騰騰蔬菜湯麵，看見阿嬤邊按醒電視機，邊有點不好意思地說，「我最近愛看一種很恐怖的。」

我記得星期天不重播八點檔，電視螢屏亮起，赫然是……「動物星球」。

祖孫倆各捧一碗麵，望著馬達加斯加島上，失勢後被逐出社群的母狐猴，獨自擁著早產小狐猴覓食。狐猴那美麗的環狀長尾巴，逆著光高高舉起。旁白說，「小狐猴不費力氣地移動牠自己。」好像被看穿了，遊手好閒等吃飯的我。

麵還沒吃完，被排擠的母狐猴爬到樹上摘食果子，攀勾在她懷前的小狐猴竟不慎滑墜，硬生生摔落地上。母狐猴躍落地面，想要舔醒她的孩子，聲聲哀鳴，大眼睛汪汪。森林中其他狐猴，也本能性回應鳴叫，卻無人馳援，只因懼怕新得勢的女領導者。

當我用閩南語結巴翻譯以上一切，阿嬤驚訝地說，「居然演得像一齣戲！」看來，就算是「動物星球」，也有阿嬤向來偏食的戲劇化。

七夕晴，七夕雨

小時候鬼月一到，家門口便由阿嬤拴上一盞燈，不知不覺，近年已廢了這習慣，然而回芋寮外婆家，眼神仍被沿街一點一點的流火吸引，現在當然改用燈泡燭心了，但一抹充滿鄉野氣味的紅，總被我無意間讀成一冊《聊齋》，黑暗中彷彿多了些看不見的騷動。點燈的這個月，事事禁忌，好像得屏著氣不被誰發現才能順利脫身。因此我的七夕意識萌得晚，直到少年時代讀《千江有水千江月》，全書矜雅寫出節氣推移下，一戶布袋人家的生活，寫到捏湯圓時，刻意一凹，「要給織女裝眼淚的──」心裡一震，回家找阿嬤問罪：「為什麼我們家七夕不搓湯圓、也不幫湯圓弄一個凹啊？」明明阿嬤會帶著我們搓冬至圓啊，紅麵糰白麵糰，白的不喚白，要稱金。

從此，鬼門開敞，我便留意起七夕。

七夕這日應該下雨。那可是織女的眼淚啊，若到了黃昏還濛著一片暑熱，我便悶悶地乾著急，有時還怪起喜鵲來了。在我的想像裡，牛郎和織女的遠距離戀愛能否維持，端看七夕相會的成功率。我完全忘了，織女年年落淚，淚腺功能降低，可能早已患有乾眼症；又或者牛郎的牛已老邁，禁不起任何一種形式的犧牲。再說，我又怎會傻到相信，這樣的情感品質是值得祝福的呢？

幾年後，一次機會，到東京小住。每日早晨搭車至茗荷谷附近的大學上半天課，午後則拜訪各陌生景點。獨自走在新宿巷子，看見大大的海報上是我熟悉的演員，便動念進電影院。是一部帶有日劇風格的純愛電影。那些年，自從《東京愛情故事》，我們很願意相信街上到處都是可能的戀人了。

《七月七日晴》。上班族和玉女偶像的「無理」戀愛。電影最末，女明星在廣播節目，哽咽傾訴自己多麼想要見到「那個人」，她從沒忘記，曾經約定在她生日這天，一起仰望滿天星星；而如果收音機旁的大家，願意起身熄掉一盞燈，讓銀河還原本來的面目……說也奇怪，一向白夜如晝的東京，竟真的大片大片地滅去了燈，歸還了夜空。無視於經紀人、噙著淚水走進繁星夜幕的女明星，便看見了深夜下班、因為聽見廣播、明白了她的心意而向她奔來的「那個人」，然後吉田美和高亢美麗宛如無界限的歌聲悠悠揚起——

如今想想，再怎麼說，都是不可能的事吧。光是那為數眾多的自動販賣機堪稱都會不滅的燭光部隊，又設若路燈都熄去，用路人不是好危險？愈往理性的色塊靠攏，便等於抗拒了純愛的滲透。其實，在一個巨大如斯的城，要剛剛好遇見彼此，跨越複雜階級，穿越重重考驗，完成戀愛準備動作，難道難度會比較低？

掛意的還有一項，電影裡祈願一次無敵的夜晴，讓天空燦爛無遮，可那樣，牛郎織女該怎麼辦？老去的牛郎織女，不能日日在「銀閃閃的地方」並肩共聆秋墳鬼唱詩，已經夠心酸，怎好再剝奪他們的一年一會？後來知道，日本隨明治維新，多數地方把洋曆七月七日挪做七夕，那麼，一處晴，一處雨，皆大歡喜。

最後一個問題：那些捏了一個凹的湯圓，拜過七娘媽之後，也仍煮了吃嗎？小說裡沒寫及那滋味，摻了織女的眼淚，是否加再多糖都不夠甜？

時間的茶

意外參與了一本少年故事的書寫計畫。

動筆前，我與策畫整套成語書的曼娟老師一齊摸索方向——大約是一個快要跨進青春期的男孩，面臨死亡的第一次拜訪。於是，故事順暢地在我腦中拓展開來：住在南投鹿谷經營茶行的爺爺，一手帶大了孫子阿鐵，卻在阿鐵升上國中、搬到台北與父母同住之際，一場大火奪去爺爺的生命，也燒毀他畢生所繫的茶行。

看似意料之外，實又在預期之中，因為這也是我曾遭遇的。

當我國小畢業，父母親決定讓我跨縣市就讀一所私立中學。比一般公立學校還早開始暑期輔導，離鄉背井的我，好似移植到一個陌生而新的世界。宿舍裡來自各地的十二個孩子，擠在一間房，有人已經跨進青春期，身形快速抽長，有人還踏著童年的尾巴，夜裡傳來啜泣，我抱著薄被，盯著黑暗，試圖掩耳不聽。

也是那個夏天，其實還很年輕的、我的爺爺，跟朋友酒聚後，騎著機車繞經高速公路邊的小路，打算回家，卻發生了車禍。他被發現躺在田埂邊，緊急送往醫院。是週末，我可以暫離學校、返鄉，父親到火車站接我，回到家中只有一屋子黑暗，我望見他低聲皺眉，彷彿預警到蹊蹺，而果然是爺爺出事了。

從那以後我就畏懼黃昏。

爺爺沒有見到那一年的秋天，我的暑期輔導結束的隔日，我們陪著他，從加護病房離開，搭救護車回家。

偶爾翻閱舊照片，我跟爺爺以懸殊的身高比例合影。在南方雪白燈塔前面，在家裡老舊沙發，在離島暱稱「老母雞」的大飛機旁……家人說，他帶著我和我的奶瓶尿布參加各種旅行。我想像他在異鄉夜晚，如何對付一個哭鬧不停的幼童，又是什麼，令他決定不顧麻煩，也要帶著我出門？

寫著這本少年故事時，好像又一次重溫那些懵懂片段。因而，當我寫到大火燒毀茶行，彷彿也置身多年前那一場畫面清晰的告別式，有些當時我不了解的眼淚，就順勢滴落在夜裡、鍵盤上。

突然而來的死亡，總是伴隨著許多遺憾吧。先走一步的人，是否有些來不及說的話？我攀著記憶線索，想起一些往事。比方和爺爺一起到山上，為小番石榴上塑膠套的午後。那時，家裡還有一片果園，種著南方慣栽的龍眼、荔枝、楊桃，其中一塊齊整的地，是專屬於芭樂的。摘採之後，除了原味出售，偶也加入甘草，淹滿一桶，做成漬物。

那些寄存在生活裡的瑣碎，似乎比說出口的話更完整。

於是，當故事裡的男孩，無法接受爺爺遽然遠逝，黯夜惡眠，我決定像一個造物者，安排一場夢境。夢裡場景是他們陪伴彼此的茶行，餐後，爺爺泡了杯茶，遞給孫子阿鐵。

爺孫倆望著金黃色茶湯，好像有許多話想說，卻終究什麼都沒說。

時間是一杯最好的茶，有些事即使放涼了也懂得。

冰箱裡的獅子

向來是個盲目之人。當甜甜圈專賣店跨海前來，以一隻俏皮黃獅子做為魅惑人心的形象公仔，它頂著一圈蜜糖波堤，對我傻氣咧嘴笑，我就沒有例外地淪陷了。

像個心智未熟成的孩子，望著朋友從日本捎回的戰利品，臉上戴著和氣微笑，心裡卻直呼：好想要喔……面對欲望的產生，沒有別的法子，唯有讓它全面占領我的每一寸身體；然而腦子又動得特別快，聽說哪個朋友要前往東京，便深情相託：一定要幫我帶回來啊……朋友慨然應允。踏破了布鞋，發現形象公仔已是「上個世紀的蜂蜜」，下架了。

偏偏，盲目之人對於已逝不返的事物，特別執迷。從此，它不再只是個公仔，既然已停產，直接歸到「夢幻逸品」一類。得不到的都特別重要，所謂遺憾就是等待填補的一個洞，在時間中慢慢擴張。

也曾經在某詭異手機行看見它委屈地在透明櫃中微笑（但售價莫名地高）；也曾經豔羨地瞥見同事桌上有廠商相贈的小型公仔（終究是他人的幸福）。直到那一天，我因為聽聞新款Sonny Angel上市，前往東區尋寶，在獲得茄子頭天使的同時，亦看見它，就好端端地，在收銀台下方等我。

波堤獅終於抵達我手中。

是個陽光燦爛的午後，走在東區巷弄裡，將獅子擺在住家門口綠叢間，就拍起照來了。嗯，果然是隻人見人愛的獅子，擺在路間的黃線，擺在逆光的矮牆，擺在微涼的世界，它總是咧著嘴，頭大身小、昂然站立著，面對所有不悅、誠實、挑釁。它頂著的那圈蜜糖波堤設計成可吹奏的哨子，小小身子後端，還有尾巴輕揚。

冰箱裡有幾隻公仔，是Gary Baseman的「Fire Water Bunny」，它們就像天兵天將一樣，守護我寥寥無幾的食物（多半是酒品、果醬或飲料），冰箱內還有朋友手製薑餅人小偶，因為與土雞蛋色相近，遂派它去管蛋。

波堤獅大駕光臨之後，眼看著房內幾個山頭都各有重要的伙伴據守了，空盪如太空艙的冰箱未嘗不是個好的歸屬？

上回父親造訪我的住處，一個不小心曾經在打開冰箱時，被那四尊手持火水的兔人兒驚笑出聲。這一次波堤獅在冰箱裡笑臉迎人，旁邊且佐以超商購得的千疋屋桃酒兩瓶——父親又即將來訪，或許這一次他會聽見波堤獅新鮮冷藏的哨音之歌。

我們要去看夕陽嗎？

有一片海，位在青春途中。那一年慣習無照駕駛於兩個縣之間，有時蹺課時間長些，泡膩了泡沫紅茶店，抽膩了語焉不詳的星座運勢籤，就去海邊等夕陽。照例經過一大片防風林，多半是木麻黃，夕陽掩在木麻黃後頭，海也是。因為騎機車，聽得見潮聲，心就特別急。會不會來不及啊？

後來看過許多不一樣的海，然而說起夕陽，當然還是非這一片海岸莫屬。那時一起蹺課的朋友T，喜歡趁過年時約我一聚。我們約在當年學校附近的一間餐館，老房子改建，他帶女朋友來，向我交代近況。我笑著聽。就像當年，我也總是笑著看著比我長兩歲的他，如何為不同的女孩心力交瘁。席間，他撥電話給早已從我生活裡離線的同學們：A成為眼鏡行老闆，B結婚又離婚，C除了白日工作，夜間幫父親在廟埕前賣小吃，D被迫扛下母親遺留的數千萬債務——我還記得D戴黑框眼鏡傻笑的臉。他家裡開麵包店，邊賣麵包邊還債。電話接通的那一刻，討債公司正在他家中等他又一次無法如期償付債款。電話那頭，聽不出D情緒起伏，只笑著問我：最近過得好嗎？

赴約前，我特地去了那間如今已不在的學校。所謂「不在」，是整個學校被連根拔除。圍牆敲成廢墟，當年上課的教室也已消失，我仍習慣性抬頭仰望，好像還可以看得到T和那一群朋友，倚在欄杆上抽菸的模樣。當然，教官氣喘吁吁抵達前，他們總有辦法把菸熄掉，並使菸頭魔術般消失。

圍牆敲掉，天空闊了。校門前，一條長路，便通往海。

餐後，T和他女友說要去看電影，兩人老夫老妻一搭一唱說話。我笑著跟他們道別。稍早的午後，還禁得起我像個異鄉人，去南都新開的和風茶室一坐。也禁得起我慢慢繞過那些如今仍鮮明得像剛漆上時間油漆的店家，想像自己十七歲時如何走過那幾條街。開著跟老爸借來的車子，把氣味和拒絕改變的什麼，都一併擋在窗外。太陽漸漸在空中傾斜，我在心中估算時間：也許還趕得上那一片海，再看一次日落？

風狂妄捲來，我下車，眼前是晴朗的海，魔幻的橙色藍色紫色漸層，托著一顆太陽，我的鞋子進了沙，走完一片沙灘，我就老了，再回頭，橙月已經不見。

一年過去了。

早早地，T又預約我過年間一晤。然而我做什麼去了？從除夕開始，在家裡拖地板；大年初二固定「探望厝」，拜訪已離世多年的祖先；回外婆家。我甚且到了島嶼南端，注視寡言老農，將數不盡的滯銷的茄子，撒鋪在竹林間做為不得已的春泥。正望著老農背影時，T來電：是不是忘了我們要約啊？我答，怎麼會。但抽不出時間啊。

還是我害怕？怕如今離開那片青春更遠的我們，已回頭無岸？於是繼續浪擲時間：陪將要生產的妹妹Y採買，跟著稍嫌缺乏耐心的老爸吃過早的晚餐。一間鄰著小廟的鵝肉攤，大口吃肉，大口喝湯，速戰速決，是老爸喜歡的節奏。方向盤在妹妹P手裡，油門踩向眼熟的路。後座的我忍不住問：「我們要去看夕陽嗎？」

夕陽在窗外，像顏料塗抹著老媽被陰影掩黑的臉。車速飛快移動，夕陽好美，我們掠過一片又一片的木麻黃，離海岸遠了，又離海岸近了。車子靠停在熟悉的沙灘入口。我們都下車，安安靜靜拍照。老爸牽著老媽的手，往攤販群散步而去。海顯得溫馴，像接受太陽一整日的勸說，終於懂事了，而落日便也甘心退場。到得遲一些的人們，仍陸續從濱海公路前來，海平面卻只剩下顏色的殘餘。有誰輕輕一聲歎息，很快被風吹散。

隔日，大伙兒坐在客廳，商量新一日行程，年節時分，處處擁擠，遠程山道又不利膝關節已失靈的阿嬤。一片沉默中，媽笑說：「你爸早上起床，說他今天還要再去看夕陽！」

3

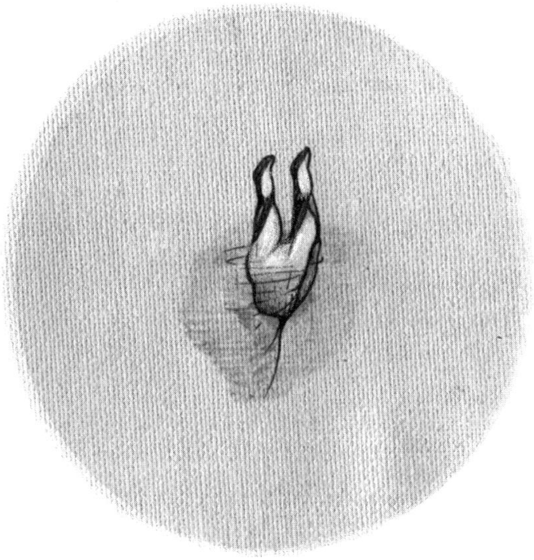

刺影

傳簡訊給波特萊爾

一起吃蛋糕的夜晚，我們試圖否認的街景，已完成冗長的整型。「浪漫派的落日」之後，並未升起「被冒犯的月亮」。供應在餐桌上的食物與酒，不是「拾荒者的酒」，也非「殺人犯的酒」，對話的虛線被筷子串起。

我微笑參與了「那些活柱子」，想起擅長治療憂鬱的朋友，為何說我是善於「厭煩」的呢？想起另一些朋友，在現實的銳角的戳穿裡，也開始嫌惡起「時間的線球，竟解得如此緩慢」——欲望的沙場，從來都是愛與死的攻防拉鋸。

是不是也像一支雙人舞，弦與弓，瑣碎的手指傾訴著，身體強壯地信任著，自我與他者在各種權力的線索裡成為角色（有時則是合奏。長長隊伍，各自比畫著春夏秋冬，走過城市與沙丘，豈非「柩車的長列，沒有鼓聲或音樂，在我靈魂裡緩緩前行」？）。蛋糕是檸檬派，晚餐後被體貼切割，分給每一個。我們舔舐著奶油，讓話題輕快繞過深淵，在鐘的監視下，坦露「憂鬱和縱樂」。允許更多背德的夜晚繁衍，曾被禁止的湧泉、親吻，唇與乳……

　　我們仍在路上，我們多麼幸運：地獄是繼承而來的，自你那兒。病弱的花朵，已成為我們的紋身。

吃睡眠的精靈

讀班雅明《柏林童年》，突然想起小時候看過的繪本：有一種小精靈，喜歡半夜立在床邊，將人們的睡眠棉線般抽出來，紡織成棉花糖，一小口、一小口舔著。吃睡眠的精靈想要更多，除了潛入每一扇圈養夢的窗口，還候在操場、路口、會議室、廚房……整座城市鼾聲連連，由於睡眠被偷了，人們一整日都陷於瞌睡狀態——啊，是因為書中那愛搗蛋的「駝背小人」吧，他注視著誰，誰就遭殃。班雅明的命運，是不是也被「駝背小人」當成棉花糖舔著吃呢？

一晤

幾乎看過吉本芭娜娜每一冊中譯本。看過就忘了。是喜歡的，不知道為什麼，不太能複述那個情節，鼻尖留著淡淡的，閱讀時留下的氣味。再回想起來，腦中出現的不是畫面，而是溫度，或者一些飄浮著，流雲般的什麼。

關於前期的吉本芭娜娜小說，我特別喜歡譯者吳繼文在〈譯後記〉裡清晰而節制的解讀。也由於前幾冊書折口使用了她戴著圓框大眼鏡的舊照，作家形象便有點好笑幽默地留存在腦海裡。直到2001年，同樣喜歡吉本芭娜娜的朋友推薦我一本新潮社的mook《本日の、吉本ばなな》，才修改了我對她的想像。

那一年，吉本芭娜娜將她已出版的小說，以自選集方式重新推出，分為occult、love、death、life四大類，也清楚透露了她作品主題關懷的面向。整冊mook，除了有編輯群對她進行的長訪談、年譜、自作解說，我尤其喜歡一系列黑白光影的作家寫真：笑著過馬路的樣子，敲打鍵盤的手，或駐足書報攤的身影。書末還附了波照間島遊記，隨行攝影師拍下她一身輕便、穿著短褲，面向大海，手握Orion啤酒，夕陽塗滿身體與臉的畫面，真是非常具有生命力哪。

後來她的小說，愈寫愈簡單，揩去青春階段某種濃烈與哀愁，會不會就是因為這種生命力呢？人生的壞毀一直都在，突如其來，吉本芭娜娜要的不是那種沉淪到底的故事，她注視一盆燒焦的仙人掌，關心一個被命運擊垮的女子，在泳池裡歷經長久的閉氣，為的是浮出水面的瞬間。

2005年，因為工作緣故，意外獲得採訪吉本芭娜娜的機會。與《本日の、吉本ばなな》所見形象相去不遠：時髦中帶著一點感性，簡短回著問題，偶爾喝起工作人員為她準備的台灣式熱飲。訪問結束，開放簽名，我們一股腦兒將手上的書，攤裸在她眼前，唯恐被遺漏。她彷彿受到驚嚇，輕輕地說：「慢慢來，我想一個一個簽。」啊。不知為何，有一種羞恥感覺，就從那個話語裡，燙上了我的臉。直到現在。

我（們）已永遠失去的

當閱讀著吳音寧的《江湖在哪裡》，看她一路細數五十年來台灣土地如何被過度利用，才忽然回神過來，多年來自己對於城市生活的嚮往，其實完全忽略了母土以沉默對我的發聲。像扔棄一個兒時玩伴，刪除發生過的記憶檔——我原也可能繼續跟隨父老種植番茄或玉米；或是回到身體裡阿尼瑪與阿尼姆斯並肩的年代，為山坡地上、果園裡種植的每一顆芭樂穿上外衣……記憶中的稻浪，不只盛開在田裡，鋪滿柏油的路上，蒸騰著南方熱氣的午後，那些新鮮的稻穀，都溫馴地接受了爬梳。

那自然不是，如今城鄉差距縮減，北高一時兩刻可達，商標複製再複製，各自喪失主體面目的現在，所能再現的經驗。

當閱讀著米勒作品裡的勞動者畫像，光線飽滿地注入，他們彎腰，他們祈禱，素樸神情中，是現實所給的苦與難的折射。這亦使我想起同在一方島嶼上的農稼者，他們仍癡心守著一片田，種作。當我深夜未寐（或根本無法睡去），只耽然注視著電視裡的人影相互辯論無解的未來；而島嶼南端，丑時初揭，我的父老已摸黑起身，為了趁著夜涼，噴灑今年第一季農藥。我想像他在黑夜中發動機車的模樣，他黝黑的膚色或也沾著一點月光吧。

水田或乾土曾是我童年時日日所遭遇並試圖逃離，我沒有讀懂的土地原是一首犁了又犁的詩，馬路上曝曬令我皮膚過敏的穀禾，那金黃色的語句，其實無遜於1857年被畫家米勒的眼睛所深情凝視的——我和我們的島，已永遠魔幻地失去？

帶一首詩，環島旅行

入夜之後，沿東北角海岸公路前進。每隔一小段，路肩就緣出一方小平台，零星有幾輛車停在黑暗中。那裡有什麼？因為好奇，終於也停下車子。一開車門，從身後山尖削來的風，倏地將身體往海的方向推移。踩住腳步，小心翼翼，在草地的切口，眼神下探，瞥見巨大礁石上，有人各據一角，頭上亮著小小一盞探照燈，初夏時節，他們應是在垂釣軟絲吧。再將視線放遠，便可見整片黑夜海洋上，綴著一道道銀光，那是焚寄網的燈船。

總在這樣的時刻，強烈感覺自己身處島嶼，邊緣。

往右，隨海岸線延伸，是午後拜訪過的三貂角。這台灣最東的岬角，17世紀時，西班牙艦隊占領，命名「San Diego」：聖地牙哥，譯名輾轉成為三貂角。但是陳黎卻巧妙玩耍諧音，從「聖地牙哥」到「神的牙膏」，藉著詩，又一次為它命名：

……願神的藍色牙膏

盪滌這美麗的夢眼，用水藍色的
水，用水藍色的牙刷，刷洗我
眼中新長出的蛀牙

——陳黎，〈三貂角．一六二六〉

如今，此處立有20世紀初所建的雪白燈塔，建築群還包括一間將改建為教堂的倉庫。面南，除了欣賞海色，還可以遠遠眺見龜山島游於蔚藍。不過我不確定，零雨是否同意這是與龜山島相對的最佳角度，因為她的詩這樣提醒：

初夏的黃昏你最好
坐6點5分那班火車

龜山島的腳剛被薄霧洗過
房屋的白牆壁
把黑窗襯得更黑

——零雨，〈悼F〉

如果可以，搭乘鐵道穿越許多山洞，確實是更親密的方式了。幾乎有那麼一段，海就拍在窗外，還來不及回神，「列車長來剪票了不知為什麼／他說了謝謝又說旅途愉快／而那正是我想對你說的」。旅途愉快，適用於每一種類的告別，如此節制，美麗。

再往南，是花蓮。

是楊牧的「但知每一片波浪／都從花蓮開始」；是吳岱穎的「潮汐有信／海洋是悖德的子宮」；是洛夫的「我單調得如一滴水／卻又深知體內某處藏有一個海」；是陳克華的「感覺上，風景仍是完整的／在俱黑的夜」。我們很難阻止詩人為花蓮寫一首詩的衝動。

因為七星潭的碎石摩擦聲特別牽情，而奇萊大山，巍巍立著，山海近距離夾抄一個小城，風景解析度高，土地黏人，近年民宿大盛，人們到此讓陽光改變膚色，用海風把臉吹鹹，去海上和鯨豚交談，到太魯閣看自然巨斧，或往南，到秀姑巒溪泛舟。什麼也懶做的時候，漫步花蓮市街，公正街微甜包子滋味美妙，廟口紅茶二十四小時營業，夏天的消夜：啤酒搭配炸螃蟹。要不，到花蓮車站附近的安娜咖啡，幸運的話，還遇得上團表演。難怪鴻鴻情不自禁懺悔：

感謝上帝賜予我們不配享有的事物：花蓮的山。夏天傍晚七點的藍。深沉的睡眠。時速100公里急轉所見傾斜的海面。愛與罪。祂的不義。你的美。

——鴻鴻，〈花蓮讚美詩〉

海岸山脈南端，有見虹的「台東大橋」，由台東出發，猶有兩座離島，棲在太平洋上。背負歷史往事的綠島，偶有一刻輕盈，那是葉覓覓寫她在燈塔旁聽陳昇唱歌，「如果擦掉一段雷電／給他一些風箏或是鏡子／悲傷會不會唱到盡頭？／沉默的鼓聲／還會不會疼痛？」詹澈為蘭嶼發聲的《小蘭嶼和小藍鯨》，則素描達悟族人現況，比方〈野銀分校〉：「小學生的人數逐漸減少／減少的速度略緩於珠光鳳蝶／而墳場逐漸增高／高度略低於傳統地下屋／略高於海浪」。

島嶼之南，屏東。郭品潔曾在恆春「又撞壞了一隻蝴蝶」，或是路過萬丹西施，看她們如何「把完整的撕裂，把陌生的縫合」。喔，還有，夏宇罕見地在詩行中標出地名的，「背著你流眼淚／背著你縱聲大笑／不經意又走過一遍／屏東東港不老橋」，這是一條神祕的橋，因為它也出現在鯨向海的詩裡，「千里迢迢趕赴不老橋／以黃昏蒙面／以星星作掩護／時間是一個微笑的強盜」——當然，詩一定比橋精采。有些東西還是比較適合路過。

一路向北，我們的島。快抵高雄時，想起了他：

我們的島
沒有座標
每每會在談話中失去位置
復在午後的小憩裡
被悄悄挪移
到世界背面

——陳雋弘，〈我們的島〉

高雄，當然還屬於余光中，「讓木棉花的火把／用越野賽跑的速度／一路向北方傳達／讓春天從高雄出發」，在紀錄片《逍遙遊》裡，也捕捉了詩人生活在西子灣的身影。此外，還有李進文以擬人化語法寫〈高雄火車站自述〉：「我的心很容易被搖晃／搖晃，就像六十年前一個年輕的父親／沖泡奶瓶」，父親老了，尤其當高鐵開通，多數人進出高雄，第一印象多是左營高鐵站。而高雄火車站新站仍營建中，舊站的建物本身則以「總掘工法」暫時遷離舊址，待鐵路地下化完成，再搬回與新站體結合，屆時，老父親會煥發出新風采吧？

充滿活力的港都，高捷開通，交通更形便利。除了漂亮的港岸風景，像凌性傑的詩，「關於愛，我願意學習／碼頭邊的拆船工人／努力修補壞掉的人生」；出現在蔡明亮的電影《天邊一朵雲》的蓮池潭亦如此妖嬌；而侯季然電影《有一天》，來自旗津的女孩，是否也從母親口中聽過那椿覆船的事件？騷夏摹寫母親的長詩〈舊島電話〉，便以彼為場景，「那艘青春的船　從她的嘴裡出航」，往事的航線從上一代遞給下一代，「潮汐是島的經期」，有人成為新娘，有人則不。

古都台南。舊稱熱蘭遮城的安平古堡，是台灣最早的要塞建築，楊牧回顧歷史上荷蘭和台灣之間的關係，繁複編織以戰事與情事——究竟，誰征服了誰？

在熱蘭遮城，姊妹共穿夏天易落的衣裳：風從海峽來並且撩撥著掀開的蝴蝶領

——楊牧，〈熱蘭遮城〉

來到安平，當然也順道拜訪台南市區。除了小吃美味，這個街道呈放射狀的古城，似乎有著較他城更悠緩的步調。近年來最精采的，莫過於一連串「老屋欣力」的舊建築改造。夜晚時，沿海安路散步，看牆上各色塗鴉，轉入神農街，老房子裡也許躲著一間義大利麵餐館，也可能是時髦的北歐家具店兼售調酒，隔幾條街還有低調的加力畫廊，同樣是「老屋欣力」的代表作，正要展出侯俊明的最新個展。

容易被忽略的嘉義，卻獨有一座蘭潭，受到孫維民的青睞。

我幻想一種古代——當時
沒有色彩學和音樂課
人類像蟲、魚或鳥
或只是春日的尋常草枝

——孫維民，〈蘭潭〉

無獨有偶，楊澤也寫過它：「深廣的潭影把我的方寸給霍然／空了出來：」事實上，位於嘉義市郊的蘭潭水庫，除供應當地用水，風清水秀，早已是住民們慣愛的後花園。

再往北，彰化，鹿港，鄰近有因為國光石化案而引起注目的王功漁港。許多詩人為了捍衛濕地，以詩相援，其中我最喜歡印卡的這首，〈暗夜提魚籃從海上來〉：「這個夜晚菩薩的手／滌洗西海岸／隨義如實／重來不見浩渺前的桑田／帶著魚籃／踏著潮／靠近一些人夢中的濕地」，全詩控訴和詩意並存。事件落幕，國光石化停建，我們終於可以安心地拜訪王功，為了享用一餐蚵料理，或者，看老牛如何在潮間帶耕耘夕陽。

避不開的台北，召喚、聚集著眾多創作者，有林婉瑜一整本詩集《可能的花蜜》，將私人記憶與大城疊合，「我是都市裡可憐的工蜂／為著一點點可能的花蜜／貢獻太多勞力」。是的，大多數人都是。然而生活在台北，花蜜到底在哪裡？也許是微冷的夜，到北投瀧乃湯，看鯨向海如何赤裸裸「領會女巫煲湯的魔術」；也許驅車隨河的方向蜿蜒，直到出口，看觀音醉臥，大河將盡，就像瘂弦〈如歌的行板〉，「而既被目為一條河總得繼續流下去的／世界老這樣總這樣：——／觀音在遠遠的山上／罌粟在罌粟的田裡」，雖然無奈，似乎又帶著些釋然？

就算來到出海口，一首詩仍是必備的。楊佳嫻的〈苦冬淡水〉：「只有潮蟹們躉躉在泥上畫出／字跡，和女神／寂然地交談著」，不知道女神究竟是誰？可能是繆思，也可能是隱匿在「有河book」的隱匿吧。出淡水捷運站沿河岸走三分鐘，就能抵達這間夢幻書店，無數講座，一片夢幻玻璃上頭寫著詩（甚至還編成了詩選），幾隻各有暱稱的貓咪，以及詩作總令人發笑又流淚的隱匿……

風更大了。

海潮氣味與草地芳香充滿，教人想就在這裡露營，等天亮。

站在東北角的黑暗中，視線往左，遠處亮著一片燈火。

不知道，該不該繞個彎，上九份。那麼，我就還來得及點一碗阿柑姨的芋圓，邊吃著軟Q味香的芋圓，邊看嚴忠政寫的，「燈火金黃，像礦石／最後的煉金於此夜景」。此夜晴朗，說不定還看得到張繼琳筆下的金瓜石茶壺山，「我們的壺裡裝的不是茶葉／而是一陣又一陣的山嵐霧氣／只要熱水沖泡／就可懸空倒出一座／如絲如絹的瀑布」。

或者，不轉彎，一路魔幻寫實地往北，駛向枚綠金的〈基隆冬之夢〉：「落雨不停的海港／游出了／一架咖啡色鋼琴／和一把木吉他／他的　真冬／之心」，那霧氣朦朧的港夜，想必也曾穿進鄭愁予的耳朵：「遠處的錨響如斷續的鐘聲……」

黑夜更黑。出發。小小車廂中，擅以饒舌樂寫詩的蛋堡唱著：「那些以為是結果／其實是每一站……於是／過程是風景／結果是明信片」。

我還無法決定下一站。

細微派小甜點

讀陳義芝《歌聲越過山丘》，引周作人的句子：「我相信寫得出的文章大抵都是可有可無的，真的深切的感情只有聲音、顏色、姿勢，或者可以表出十分一，到了言語便有點兒可疑，何況又到了文字。」一驚。這話對散文寫作者而言，要命地說中了難處——卻如何使寫出來的文章，從「可無」挪向「可有」一點？

恐怕再怎麼小心拿捏，文本在閱讀者眼裡還是有著不同刻痕。並且，「真的深切的感情」怎樣檢驗？書寫的表演性難以指除，有時作者連自己都騙過了。好看的散文怕空泛，怕陳腔，作者得尋覓（甚至發明）一種說話的口氣；好看的散文，作者捨得真誠、赤裸，坦白內裡豐盈的喜悅與無邊黑暗；好看的散文，有時得力於時間饋贈，等歲月夠悠長，藏在其中的一些什麼便露出端倪。

想起國中住宿，夜半閃躲教官皮鞋聲，偷偷拿小手電筒窩在被子裡讀琦君、張曉風、陳幸蕙，我不曾經歷的人生、對世界的詮釋、生活小趣閒記，黑夜中化為灌溉我的鉛字，當同寢的孩子都在頂樓加蓋慘白的燈光下，忍受蚊子和燠熱，默誦英文單字或勤練算式，那些遙遠的雪月風花，於我是必要的清涼。然後我遇見了簡媜和張曼娟，忍不住在課堂上用紙條絲路般傳遞給同班的女孩，熱情分享我的新大陸：《夢遊書》和《緣起不滅》，前者魅住了我，像魔術的手；後者為我指出看待粗糲世界的溫柔角度。於是死心塌地成為愚粉，不放過任何一本。

奇怪大多是女作家：初讀就愛上的蔡珠兒，一路自《花叢腹語》開始傾聽，仰望《雲吞城市》捎來的種種現實煙火；也愛張娟芬《走進泥巴國》，看她敏感而易被觸疼的文字，在慣常關注的各式社會議題外，鏡頭反轉，注視自己。還喜歡小說家陳淑瑤散文集《瑤草》，那些密生在生活邊角、褪了色、無光影的記憶，都如獨幕劇，借她美好聰明的眼睛重演，再平凡不過的事如收納、裁衣、理髮、洗滌，因其重述而在瑣碎中脫殼。

同樣寫城市生活，不可能略過柯裕棻和張惠菁。兩位皆有令人豔羨的慧黠，相仿的異國留學背景，都擅從生活裂縫看穿某類真實。柯裕棻閱讀台北及此城飲食男女，近作《浮生草》更也揭示內在宇宙。張惠菁不那麼旁觀，強壯的史觀使她的視角有著飽滿的時間縱深，對當代生活諸細節的捕捉，又有與他人相異的敏銳。奇怪她是怎樣做到幾無廢字，詩意冷冽，卻又能封住溫度，毫無距離感？有時聽她講一節蘇東坡的竹子，或張國榮的兩個背影；有時像對親密朋友談天，說起無關緊要的小事，但魔鬼和天使都在裡面，突然淬鍊而出的感悟，教人忍不住想拿筆謄抄。

我不確定散文是否受夠了侵犯：與詩勾搭的「詩意」或與小說串連的「故事性」，又何妨看成散文田畝肥沃，允許任何種籽？我當然也不願意錯過像班雅明《柏林童年》、特朗斯特羅默《記憶看見我》，或如佩蒂．史密斯《只是孩子》，這些不沾血的鑽石，純粹的靈魂香氛，總是救贖我短暫逃離自我的地獄。除卻抒情的音樂，需要一點其他時，我還喜歡村上春樹與鯨向海。村上的小說魅力不在話下，寫散文時，強壯的比喻系統與幽默坦率的說話，流暢表露出直面世界的種種態度。詩人鯨向海寫散文，是強「焊」的技術，修復或珍藏更多幻覺，做為一「靈感的勞動階級」，在無聊中挖掘出偉大。當然還不能錯過李桐豪，愛他純情與色情並置，高級與低級齊飛，希望他能順應民意，快點將髒話們與創世紀結集，在此之前，我只好又一次複習《絲路分手旅行》。

旅途中偶然買到菲利普．德朗《被打擾的午睡》，他寫夏日午睡被「輪胎的親吻」給吵醒，或上衣口袋的墨水汙點等小事，被稱為「細微派」的他在一次訪問中表示，「這些短文都是一些小小的甜點。」才突然發現，我心目中的美好散文，無非近似「細微派小甜點」吧。生活惱人平庸，逕往「可無」的方向去，唯真正具靈光者，重新揉製日常，還耐煩地烹調別出心裁滋味。在乏味冗長人生，遞入口中的甜點，剛剛好，能使一顆心重生。

我愛張曼娟

還穿高中制服的年紀，每天搭很長一段公車從黃昏慢慢晃進黑夜，在台南市區中心處換車。車窗外亮晃晃店招流動著，城的邊隅落車後，穿行各戶人家的晚間新聞與飯菜香，回到賃居房間。房間臨巷，書桌背對街道，天熱時將通往陽台的門打開，讓風透進來。然而多半時間心思無法聚焦課本：陌生的英文單字、無解的數學題，腦中世界未能飛遠，仍隨身體困在最近距的惑惘之事。我總睜睜注視著檯燈，直到眼睛承受不了，視線轉而巡邏書架：少少幾冊文學書，心神無法安頓的片刻，不曉得第幾次又從架上取下《緣起不滅》，讀一次，再讀一次，情緒裡最敏感的騷聲彷佛有人聽懂了，是一個全然的陌生人哪，卻用她的文字遞來溫暖的擁抱，眼淚，就那樣掉了下來。

那時大家都讀她的書：課堂上與我丟紙條的女孩，文藝營認識的吉他男孩，陪我走路去西港鎮上搭車的學姊，寫信字跡俊逸彷佛書法的遠方友人……冷天夜晚，室友吹乾頭髮，拋下物理課本，埋進被窩裡睡了，我坐在地板戴耳機聽她的廣播節目，暖暖的聲音來自無法想像的彼端，我想，若告訴她心裡最腐朽的事也是無妨的吧？就誠實把祕密一字一字寫下，夾在書裡，始終沒有寄出。

每日茫茫然跟隨眾人上下學，像一滴滴在湖裡恐懼被稀釋的海水，無法預知（或是，早有預感卻拒絕面對？），沒多久，自己就成為升學浪潮下的波臣，留級，轉學，去到一處如今已是荒墟的學校。那百無聊賴的國文老師，面對一班上課時用打火機烤魷魚、打撲克牌、瞌睡，或直接蹺課走人的學生，是否在我蒼白的臉上讀出了什麼？斜陽午後，召我到辦公室，遞來兩冊《今生今世》，要我讀，就那樣中了胡蘭成文字的魅。在易被揑塑的模仿年代，決心把情節都藏妥了，把事情都說曲了，曖昧，流離，不曝露任何核心。那時已搬回家裡住，每天無照駕駛機車往返省道、躲著交通警察的我，又怎會想到，峰迴路轉，竟旁門左道考上大學，且成為她的學生？

溪畔的課堂，還不捨得放棄過去書寫時習得的粗糙技術，第一回作業發還，她在稿紙上寫著：「文字已經夠好了，試著說說故事吧。」她所贈的名言之一，「說一個好聽的故事，便於世人有益。」但是故事，該怎麼說呢？我一心妄想匿藏的，不就是細節的暴露嗎？她耐心建議，「想像你有一個盲人朋友，可以試著向他轉述一部你剛看完的電影嗎？」於是，我在大張空白計算紙上，密密麻麻寫下我能想到的某電影內容。當我嘗試說明角色、形象，以及人物所遭遇的來龍去脈，而又如何不顯瑣碎，囉嗦？才發現這個提議內建太多技巧的練習。於是，第二回作業，我交出第一個短篇〈女館〉。那是一篇疏陋的習作，然而她的回應，是初學者最需要的支持。她是絕不吝於掌聲的。

那幾年，恰也是她書寫的轉向？《我的男人是爬蟲類》、《火宅之貓》兩本迥異的長篇，向過往風格告別。她曾慣愛在古典裡汲取養分，以獨到的散文語言對世界給出溫柔詮解，但生命在轉變，兩度赴港，地球上的移動，使《夏天赤著腳走來》的譬喻系統，更傾向以童話甜美視角注視苦澀現實——這些，都是我不自覺的靈魂食物。我亦將揣在懷裡的片段筆記，暗中發展成第一本長篇《男身》，書信體的想像、援引歌詞做為人物心情背景樂，都襲自《我的男人是爬蟲類》的結構策略。有過那樣的幸福時光：下午茶聽她分享一本詩集；把列印成Ａ４大小的新稿，遞到她的研究室；在夏日素書樓階梯，進行一場小野宴；當她離開台灣，貼心寄來一封封卡片與信，我則沒忘記追蹤她在雜誌發表的新作，企圖跟上一點點她的裙襬曳過的街角……

記得那一年在紐約，抱著未及完成的《傷心童話》，聽從她對長篇小說臨近結尾的想像，試圖修改；也記得在愛徒樓的地下室，她如何小心叮囑我簽下第一份出版合約，像一個擔憂望著孩子學飛的母親；記得那些我將自己以偏執捆綁的臨山歲月，確實可以將祕密寫在信紙裡寄給她了，卻沒想過，她是否沉默背負著我們無法慰解的愁雲？

後來，我當兵，讀研究所，進入職場，閱讀與書寫成為無法切割的生活必需。屋內成堆四散的書，密密麻麻的鉛字如同寫作者的密咒，等待讀者解碼。各類書充塞知識，歷史，娛樂，囈語，精準的轉述，想像奇觀，痛與甜蜜的幻覺，經驗所縫製的新衣……為我睡前、通勤、空虛、麻木、偽裝忙碌的生活，一次次注射陳舊或美好的汁液。但好難解釋，唯獨她的說話，總像催眠，使我在傾聽瞬間，獲得安慰。或許已經無關乎作品，是她面對世界的價值觀與處事之道？而我，是否曾不自覺，模仿她的說話？不僅僅是書寫時口氣的擬仿，還包括，相信了她說：「散文，不過就是我們欠這世界的一個解釋。」而以類近眼神，凝視那些綻逝在生命中的種種福氣與缺憾？

時間經過，再一次被她的話語治療，是書寫《爺爺泡的茶》和《邊邊》等少年小說的事了。我寫過一些帶有色情描述的故事，也嘗試在創作裡回答自己所體現的困境，但我沒想過，有一天會需要對孩子們說故事，便落入小小的慌張。她有條不紊在既有的材料裡，為我撥霧，指點迷津：人物長出骨肉，情節有了溫度，與其說，我被那些還沒有被自己完成的故事給感動，不如說，我被她口中那些故事的可能給感動。這些平凡又瑣碎的人間關係，令我感到纏縛憂懼的，如何就這樣輕巧地轉了彎，拓出新的可能？我一邊小心翼翼謹記著，一邊想像：別無選擇的書寫，大概也是我們欠這世界（包括自己）的一個解釋吧。

在眼淚再度登場之前，有一瞬，我好像又跌回那個書架前、絕地尋求回聲的高中男生，像無數彼時無法連線上網按讚的同代人，在各自的房間，因為翻讀書頁，在某行句，獲得無可言喻的安慰，忍不住要說：啊，我愛張曼娟。

閱讀市川準

1

一夜無眠，秋日遲醒的晨光滲入我的房間。放棄與睡眠對抗，從床上起身，決定再看一次《東尼瀧谷》（*Tony Takitani*, 2004）——那是初識市川準的電影。天空微陰，窗外世界浸泡在一種類近潮濕的情緒裡。攤坐在沙發上，身體無奈焦躁，當坂本龍一靜謐琴音緩慢敲擊，多縐褶的思緒卻慢慢被熨平了。市川準平行移動鏡頭所呈現的「不涉入」、西島秀俊微澀而冷靜的旁白、尾形一成神似村上春樹的臉、一人分飾兩角的宮澤理惠輕巧好聽地說出「贅沢」……

我又跌入那奇特的孤寂裡。風以低微的手勢掀翻著窗簾。印象最深刻的幾幕，比方說，少年東尼瀧谷獨自吃飯，背後映著整個城市的稀微燈火，邊說「我並不覺得特別寂寞」；或是，他位於高處的屋子，彷彿將整個世界置於水平面之下，唯有孤獨是一塊突出的岩。

小說裡形容宮澤理惠所飾演的角色，是一個非常會穿衣服的女人，「衣服也由於被她穿上身，而顯得像獲得了新的生命似的。」那麼美麗，纖細，恰到好處。我望著電視裡的她，因為無法承受衣服的離去，而遭遇意外車禍，彷彿在呼應著東尼瀧谷的母親的死，「她轉眼間就死了……非常安靜的死法。沒有任何糾葛，也沒有什麼痛苦的樣子。」市川準為那位母親安排的，是一幕在海濱松林裡，微笑撐傘離去的背影。

東尼瀧谷經歷著極端而戲劇化的人生。

小說的最後，「東尼瀧谷這回真的變回孤伶伶孑然一身了。」電影裡，他卻在燃燒父親遺物時，從火堆裡試圖搶救出與妻子同尺寸女人的履歷表，在一切都漸漸遺忘，連影子群也淡去的時刻，撥了通電話給她——那個尺寸7，對著滿室華服哭泣的女孩。

真是一部非常適合失眠的秋天早晨的電影。

2

而因此發現，市川準電影裡，「女性」的獨特存在感。如果說，東尼瀧谷最終極的孤獨，不過是為了與迅即消逝於生命中的女性相遇。那麼，影片裡形形色色的女性角色，必然才是市川準真正想關注的吧？

比方說，充滿八〇年代感覺的處女作《醜女》（*Bu Su*, 1987）。富田靖子飾演從鄉下到東京學當藝伎的少女，性格藏著陰霾。她緊閉雙唇，低垂蓬鬆黑髮，像小貓般無助眼神，好似有無數難言之隱。這樣一個女孩，白天在課堂上百無聊賴，與同學們格格不入；到了夜裡，接受嚴格藝伎訓練，也參與陪酒，免不了擦身於酒客們的言語狎戲。

市川準節奏沉緩，不疾不徐，偶爾無預警插入回憶片段，故事之中除了帶出富田靖子所扮演的「心之醜女」，更旁及神樂坂藝伎生活細瑣。故事的高潮發展於後段，主角被拱在學園文化祭中表演：巧扮八百屋的「阿七」。

「阿七」是一個被蔬果店老闆收養的女孩，在一場大火裡，與某住持的侍童生田庄之助相戀，分離。隔年，因過度想念愛人，「阿七」竟打算放火，只為了或許可以藉著大火，再見心上人一面。後來，她以縱火未遂的罪行被處以火刑，這則故事則被書寫在眾多文本裡，更轉化為淨琉璃與歌舞伎所愛用的題材。

其中關鍵場面是「阿七」登上火災通報台捶擊太鼓的一幕。雪花飄飄，一心戀慕情人的女子是抱著怎樣的心情踩踏階梯？富田靖子化著傳統粉墨，就要登至最頂時，木梯居然鬆落開來，眾人齊擁而上，她跌落地面，一場悲劇瞬間成了鬧劇。

而校園生活中，她所想望的拳擊男孩，則拉起她的手，奮力跑出表演會場，跑到操場上，將一盞煤油燈遞給了她，她思索片刻，狠狠地一擲——熊熊燃燒的明亮的篝火，既完成了「阿七」的遺願，又同時映亮她心室內側的陰翳牆面。

3

另一部改編吉本芭娜娜同名長篇小說的《鶇》（*Tugumi*, 1990），則更明顯地以一對表姊妹性格的色差，做為女性角色的歧異對映。從小體弱多病卻暴躁惡搞的女孩鶇，和後來移居東京、卻始終無法忘情西伊豆生活的白河瑪利亞，在成長過程中，因能夠理解彼此而成為對方的寶物。

讀過《鶇》的人大抵都還記得故事，記得那間充滿潮騷的海濱旅館，夏日祭典，病院，一隻無辜的狗，一個最好的男孩。

吉本芭娜娜成長記憶中重要的暑休地，旅館梶寅，市川準乾脆就用在片裡，做為這部改拍電影的主場景。而土肥海岸與東京場景的交替，也成為鶇和瑪莉亞各自擁有的背景色。

除了男孩的身分略有改造，電影大致貼著小說的線索前進。只是，在我單薄的經驗裡，感覺最接近吉本芭娜娜小說氣氛的，其實是女導演荻上直子的作品。所以，與其說，市川準重現了小說文本的《鶇》，我更覺得，是吉本芭娜娜一體兩面的女性塑造，吸引了市川準，令他準確地找來野氣而美麗的牧瀨里穗，抓住了山本鶇頑固、倔強的神色，活潑地用存在事實對抗隨時可能到訪的死。

4

市川準喜歡讓他的演員走路。無論是《醜女》裡的富田靖子在浦安與澀谷附近閒晃，伴隨著南方之星原由子的歌聲觀看東京百態；牧瀨里穗在松崎町漫遊，後頭還跟著淘氣小男童；《未來之我製作法》裡的成海璃子，一路走回家庭破碎之前的舊居所……

我忍不住猜想，《鶇》的改編，將兩個不同女性的樣本進行對比，那麼，在《未來之我製作法》（*How To Become Myself*, 2007）裡，透過兩個高中女生的手機傳訊，穿梭於「真我」和「偽我」之間，其實也是一種互慰與療癒吧？

——況且，在「鶇的來信」裡，確實也提到，「我不會看自己的腳尖，我總愛看著藍天，感覺能在那裡看見真我。」

從《醜女》到《未來之我製作法》，日本少女所必須面對的課題，仍然是家庭、自我認同、同儕壓力。所以，成海璃子所飾演的大島壽梨，好成熟地接受了雙親的離異，成為單親家庭的一分子；好認命地在體育課，與同學圍成一個圓，抬手，低頭，不突出、不破壞，卻忍不住掛念起曾經大受歡迎、卻在一夕之間飽受冷落的小學同學日南子，於是傳遞出簡訊，原只是好奇問候，卻發展成一篇進行中的小說創作，看似協助他人，自己內心的創傷亦未癒合……

也因此，市川準常不經意地將鏡頭帶到日南子書架上的太宰治，或是當大島壽梨在書店巡逛，也曾自架上取下一冊太宰治——生存本身自有其艱難。

生而為人，其實大家都很抱歉哪。

5

在市川準眾多電影裡，罕見的喜劇《坂本龍馬，他的太太和她的情人》（*Ryoma's Wife*, 2002），果然濃濃沾染著編劇三谷幸喜的氣味。

坂本龍馬是日本幕府末期推動維新革命的畫時代人物，本劇卻不著墨他的豐功偉業，反而講述他的遺孀後來改嫁江湖術士，甚至勾搭上一名貌似龍馬的男人，打算跟他私奔北海道。在微妙時代劇氣氛中，焦點集中於鈴木京香所飾的龍馬之妻。妹夫菅野覺兵衛奉命來勸她出席龍馬的第十三回忌，卻意外地捲入連環套般的愛的騷動……

藉著討喜的敘述口吻，來檢討命運對於女性的箝制是再好不過的了。眾人希望龍馬遺孀出席追思祭典，卻又不希望她身邊「不體面」的丈夫跟著出現；而繞了一圈，除了江湖術士西村松兵衛是真心愛著龍馬遺孀，其他男人卻都因為她是「龍馬的女人」，而對她發生了移情作用——這樣不著痕跡的諷刺，難道不是一則關於男女性別的反思寓言？

6

作家森京子（Kyoko Mori, 1957）在《有禮的謊言》一書，曾討論日本女人該如何保有一私密場所或自我身體如何在眾輿論眼光中受限。觀看市川準的電影，裡頭亦總有著「日本」。關鍵字：東京、社會群體、性別階級。

在我閱讀過的其他市川準電影，多從這幾個角度出發，幅員廣闊地碰觸著各類議題。比方《青春漫畫部屋》（*Tokiwa: The Manga Apartment*, 1996）以戰後時代一棟今已棄毀的「常盤莊」為背景，重現如手塚治蟲、藤子不二雄、鈴木伸一、水野英子等巨匠的青春。全片選擇以「新漫畫黨」核心領袖寺田廣夫為主角，看創作者如何在僅僅數疊的空間中揮灑熱血，而能使鏡頭保持一種有溫度的距離。

又如《會社物語 memories of you》（*Kaisha monogatari: Memories of You*, 1988），從待退員工眼光，折映日本職場內部荒謬和扭曲的真面目，哪怕時隔二十年，仍一語中的。其中「在公司演奏爵士樂」的奇想別開生面，而一場深夜假槍戰更傳神揭露權力的透明廝殺。隨著主角的人生所輻射出的社會面向，是「如得其情」，也是「物之哀」。

7

想起東京的時候，偶有電車聲音轟轟自我腦中穿過。

市川準的電影除了經常出現整個東京的廣角靜拍。俯視。也常有電車穿越。就像《東京夜曲》(*Tokyo Lullaby*, 1997)，一列長長的電車畫開暈藍色夜晚。

曾經莫名消失的男人，回到他成長之地，東京下町。耳語立刻花開。在愛情裡扭曲了意志、卻不肯直言的中年男女，他們屈守在一條商店街：男人的電氣行，女人的喫茶店，兩相對望。愛的流露是那麼隱忍，像間接的窺視，語言的拋擲也總是戛然而止。於是故事好緩慢推移著。看著，我好像也溶解其中，成為無所事事的一員，成為一條窄瘦的河，在夜裡經過城市，伴著電車的駛抵與載離，襯著那對男女的愛與欲，沉默與交談。市川準流暢串起幾組角色的對照，一條街所能收納的人生盡在其中，有時鏡頭就只是靜靜擱著，看他翻書，看她煮飯。片中的兩個女人，倍賞美津子和桃井かおり，關係既親密又緊繃，拉扯著，卻又安全無虞地閃過了所有衝突可能。

我想起，曾經在旅行的時候，多麼希望保留、竊取他方與他者的生活氣味，這裡不是都有了嗎？

故事的後頭，桃井かおり決定搬到岡山去種水蜜桃，鏡頭拍她輕快騎著單車，風吹拂她的頭髮，因為地面未見的頓躓，產生震動，她驚呼了一聲，籃子裡的東西彈了出來——那真是非常有生命感的瞬間。

使我不禁想起已經離開這個世界的市川準。然後又想起，吳繼文在《鵜》的譯後記說，「沒有死亡，生命即是荒漠。」

生活的氣味是什麼？

無非是瑣碎、日常、無以名之的哀愁。

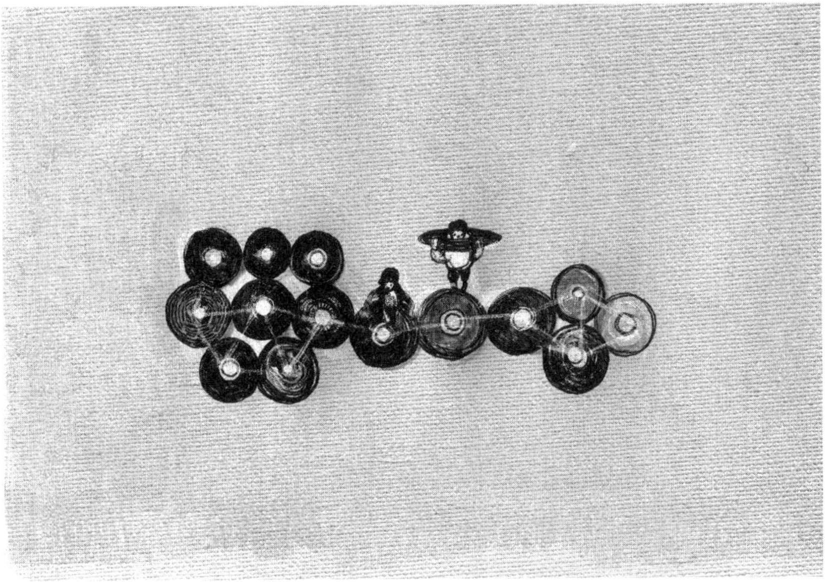

4

剩影

晴朗的暈眩

有那樣密集的一段時光，會發現許多事都靠攏在一起。慌忙的、甜蜜的、苦澀的、乏味的……生活中的事件，總是不由分說嵌插在生活的瞬間，接踵，比肩。偶爾，甚且會有龐大漩渦迎面襲來，就像那天突然聽見一位燦爛溫暖的朋友患了大病，很快就要開始接受放射性治療……我不知該如何言語，只能面無表情望著人群，望向公車窗外空轉的世界，感覺憤怒、荒謬、無奈，還有一絲無須多說的悲哀。

但我們仍堅持相信一切會好轉。

在了無新意的上、下班行程裡，耳朵找不到出口，只聽著Advantage Lucy的精選輯《Have a Good Journey》，聽主唱アイコ柔軟又頑強的聲音，指揮晴朗，還可以像透明的階梯，一階一階慢慢向上爬升，那就像大口大口呼吸，又能再度為自己的心臟打氣——總會有希望的。

醫院裡，我們去見了朋友。他罩著氧氣罩，一邊仍努力與我們說話。因為化療，頭髮已落光了，仍掩不住他好看的臉。雖然那臉，因為病氣而有些疲倦，性格裡的幽默卻沒有消失。看著病床上的他，有些陌生，醫院裡安靜輕聲，好想透過什麼方式，運來 Advantage Lucy 的音樂，或許病房外的天空，會顯得明亮一些？

隔一個週末，尋常上班午後，我們坐在辦公室裡，感歎背後的陽光太好，將山的稜線照得分明，濃淡的綠都如此具體，是個適合遠足的好天氣。然而，也是在最最晴朗的時候，死亡的消息輾轉傳來，朋友離開了這世界。

聽見消息，我回頭，想再看一眼陽光，或許該質問陽光？卻發現，不知什麼時候，山邊已經起了大霧。

心意的棄置

公車上我突然想起一雙鞋，鞋子上仍留有主人腳踝的熱度。那時我剛好讀著寺山修司的《幻想圖書館》，令人面紅耳赤的一句：「脫鞋意味著愛的開端……」果真如此嗎？在每一雙赤裸的腳的背後，都躲著一個愛情故事？

我沒來得及讀到那一頁，鞋子的主人就把一整個午後的陽光帶走了。窗外開始下雨，雨水平均分攤給每一棵樹。夜裡我經過不知名人家的院子，發現那一棵綻滿山櫻花的枝椏已經枯了，我垂下頭，拉上風衣的帽子，不讓雨水入侵。

耳朵裡Gutevolk不知情地吟唱著，帶著童稚的嗓音，交織著大提琴與鋼琴，恰到好處地為不相干的世界開脫。雖然一剎那，手好像又碰觸到那不應該的溫度，喉間一緊，有些說不出話來。偶爾加進來的鼓音和吉他，還有steel pan，簡直就像雨點在演奏。

如何能回到故事開端，而非愛的開端？那便是我羨慕Gutevolk的：一點點即興感，嬉玩，無傷。雨把天空滴穿了之後，還能事不關己繼續降落嗎？

還來不及做出決定，時間已經仲裁答案。沉默也是一種答覆。那只不過是把一雙涼了的鞋重新穿暖，推開門悄然離開。每一首歌其實也都是不得不結束的……就像是偶爾漫長的夢遊，轟轟然聲音中，獨獨聽見一句敲中心意的什麼，便傻氣地拿出全部，柴米油鹽，醬醋水茶，過多的細節，過量的鋪陳，過熱的……

過熱的對待。

不需要的身體與臉，尷尬無措的手與腳，就像多餘的甜點，在單人的下午茶後被棄置。

我仍慣聽Gutevolk，必須是《SUOMI》，拿捏得最準確。又一個下雨的夜晚，經過同一戶不知名的人家，發現另一棵枯萎的枝椏密密地生出了圓葉，如指甲般細細的一枚，對稱並生著沾滿了整棵樹。因為下雨的緣故，向上擎起的圓葉沾著雨水，在昏黃燈光下映照，看來格外脆弱，堅強。

春天來了——我聽著Gutevolk，發現手指已無法再想起那一雙鞋的溫度。

逾時的還原

坐在電腦前，點閱Oslo的web cam。已經很晚了，還不肯睡。靜靜看著與我無關的城市，辨認它的街道，屋頂的殘雪，路上行走的人。耳邊聽著Kings of Convenience的第一張專輯《Quiet Is The New Loud》。淡淡的吉他聲和暖暖的人聲疊在一起。

有些什麼，像錯誤的指令一樣，僵在那裡，來不及反應。那就像我，使用已竭盡疲勞的身體，靈魂卻還有一點野蠻，彷彿希望在夜裡找出一些方向。思考過度的關係線索，不再得的時間片段，無關的相關。我的指令是錯的，因此沒有正確的路徑可以通往下一站。就算躺上了床，心裡仍有漲飆的兵馬，在運籌帷幄，為了一場沒有目標的征戰。時差六個小時的Oslo，那裡的人在做什麼？午後冰凍鮭魚，餐館裡的粗麵包，Kings of Convenience也剛好走進鏡頭裡又離開嗎？沉默是新的聲響，無聲的房間好安靜，吉他聲怎麼像極了海潮？

無法睡去，索性拿出專輯，將他們慣常的兩男一女封面抽出來，就著床頭的燈細看。無聲地念出曲目，泥黃色紙上的小小白色字體讀來有些吃力，但我笑了。「If you want to write us, put this on the envelope……Include a picture of where you live.」腦中的地圖，像被人隨意摺皺了一樣——他們也會像我點閱 web cam 般點閱我的小島嗎？如果我真的寄去一張照片。

然後，我又讀到他們的網址，旁邊又附著一行更小的字，「If you type this in at the right place, and the right computer, you will be able to read……」我開心笑著，笑到眼淚不設防地流了出來。我是一台wrong computer，事到如今，還在經歷逾時的還原。

消磁的果核

將自己藏入浴缸之前，為了對抗病氣的預感，選擇了一個很久沒聽的樂團，下意識的挑選前提很難解釋，卻在吉他聲響時，突然想起有段時間和朋友迷上了以樂團形容其他朋友的遊戲。友人T像pavement，友人K像Super Furry Animals，友人S像Placebo……可以無限延伸下去。總為了一次準確的對焦而開心不已。

那我呢？在自我的地獄裡，終於還是忍不住問起。然後，我就一頭霧水地聽見朋友說——你像Shed Seven。

我只買過一張Shed Seven，《Let it ride》。最喜歡的是旋律簡單的第五首〈Devil in Your Shoes〉。一瞬間，我和一支已經解散的約克郡樂隊，竟發生了奇妙的聯結。如果追索自我，可以抵達一處所謂的核心，這個莫名所以的天外一筆，難道準確地命中了一些我不願承認的什麼？

我在浴缸裡大汗淋漓地想要把自己藏得更深，任由思緒的線頭尋找解釋，但是只有蒸騰的熱氣令人頭昏眼花。我不能像Grandaddy嗎?我不能像Erlend Øye嗎?我是那樣認真地想跟他成為好朋友啊。

在想像和認知之間，總有那無法跨越的界限，使得我必須認養內的碗食，舔舐乾淨或挨餓只能選一種。我在被界定的過程裡，漸漸藏妥，像一缸洗髒的水。而兀自唱著的Shed Seven，是1998年的Shed Seven，他們已預知了未來解散的命運嗎?如果我能就此將自我的果核消磁，或許也可以在微涼的浴缸裡，使不必須的身體完全溶解。

Advantage Lucy

夏天的風穿過了盆地的缺口，來到河南岸突起的獨立小山丘，黑暗中人影幢幢，各自據著幾個角落，燈光穿梭照射，音波震響了耳膜，我與同伴簇在台下，分享著空氣中微微的汗臭、燥熱、騷動，隱隱要被點燃的那個前奏，然後，聽見台上清亮的貝斯聲刮過耳畔，大家輕快地擺動起來，身體的浪撥動了黑暗，台上是我私愛的樂團Advantage Lucy，熟悉的旋律早已像背景色一樣貼在生活的角落裡：伴隨在夜歸行走的空檔，穿越一隻青蛙的空檔，失眠等待天亮的空檔，寂然翻閱一冊詩集的空檔，面對一場離滅的空檔……美好的、如永不告別的稚氣般的嗓音，就從女主唱帶著微笑的嘴裡飽滿地送出，一切是那麼魔幻，那麼遠又那麼近，耳裡的現場和眼裡的現場疊合了，我的眼眶，攔著潮濕的語言，像遲醒的海浪，悄悄地漲潮。

類似的聲音，還有許多。他們不在主流的播送裡，少了密集的宣傳，沒有大量的資金，常常名不見經傳，就像一個初寫詩的人，握著整個世界的廣袤或脆弱，又孤獨又自由，因此，也常常不知道自己其實是懷著祕密的玉，等待在時間中透露——又或者，其實知道，只是在等待一個夠好的琢磨，就可以綻出奇異、美好的光亮。

從小，我就嗜聽流行音樂。在音樂提供的保護和餵養裡，竊得一點情感的法則，一點看待世界的價值，無所不在的流行曲，像一種詭異的時間罐頭，只要打開正確的罐頭，就可以瞬間轉回那一刻：轉回背著書包、軍訓制服的黃昏，轉回木板床、急著長大的午夜，轉回騎著摩拖車急馳，不知要往哪裡，風裡掠過的傷心音符……實在無法想像，如果生活裡少了音樂的灌溉，我會變得多乾燥？是以從來也就這樣一意孤行地，不管家人勸說「一個人只有兩隻耳朵，聽得了那麼多歌嗎？」的質疑，一次又一次地到唱片行去，帶回一卷卷卡帶，它們都乖巧地貼靠著彼此，我像清點著什麼重要資產一樣——除了書，它們確實是我的最大宗消費。

就這樣，卡帶積累了幾百卷，直到CD的時代來臨。薄而細巧的CD，更不占空間地占領了我的空間。它們被嵌放在牆上，櫃裡，在我記憶的夾層，像可播放的書。直到有一天，當我在唱片行裡，突然尋不到任何一張我想買的CD。

不是唱片行的問題，是我的問題。貧瘠的音樂知識，使我無法遇見更多聲音。

也是那時候，我遇見了朋友C。他像一扇窗子，透過C，我認識了許多不曾聽聞的好聲音，世界的地圖重又攤開，我像著魔一樣地，閱讀著以C為圓心拓荒而開的音樂文字，遇見了過去未曾注意到的indie音樂，我驚喜地獲得鑰匙，打開一間又一間糖果屋，有時是味苦的糖，有時是似鹽的雪。

於是，一次次地流連在聲音裡，認識了更多的朋友，聽他們聽的音樂，貪戀著indie身上那一道複雜又簡單的氣味，在鋒利處粗糙，柔軟處堅強，更棒的是，它有一種可認證的私密，往往，為了尋找一張想像中的美好唱片，將城市的據點走遍了，絞盡腦汁，心機用盡，天涯海角相尋，然後才輾轉相遇。

近來事情有些改變。隨著分眾的發生，這一、兩年來，我所居住的城，過去必須費心找尋的音樂，如今在連鎖唱片行裡也可以找到。它們，就像是等待被認養的神祕驚喜，在不同的開架上，靜謐地存在著。一日我在車站的地下書店閒晃，賣場裡人潮穿梭，恍惚竟聽見了是Advantage Lucy的歌聲，在空調器旁邊的揚聲器上，那樣甜蜜地放送著。一時之間，有些開心，又有些妒忌。那種弔詭的心情是怎麼來的?當我鍾愛的音樂，變得更為「流行」了，那微妙角力之間的失衡，是因為希望自己顯得特別嗎?是潛意識裡有一種低劣的優越感在作祟嗎?或許，比較接近於:那些聲音為我寫下的日記，被赤裸裸攤開了。攤在這無情賣場，人人不曾駐足，只有我孤獨地在空氣中，想起那一夜夏天的風，彷彿，又穿過了盆地，切過了山丘，抵達了我的耳朵。

使變釦釦粒粒藍

如果有所謂的幸福時光，其中一件，無疑是當我閒逛在私愛的唱片行，熟聽各類indie音樂的店員，主動向我推薦某音碟。「如果你喜歡Advantage Lucy，一定也會喜歡他們。」多麼好的連連看。聽見日本樂團Spangle Call Lilli Line的由來正是如此。店員遞來的封面上，有隻形而上的小獅，看不出牠踩踏過什麼音階——唯當聲音竄入我的耳際，簡潔鋼琴單音、鼓聲碎拍搭配著女主唱大坪加奈靈澈的嗓音，在耳裡鋪展出龐大、奇妙的冰原：彷彿天空變換了表情，街道收拾過方向，單人旅行已經出發，將前往最北之處，獨自耽看漫長的日落。那一回我購入的專輯是《Or》。一張名為「或者」的專輯，開啟了我與Spangle Call Lilli Line的相遇，當我在床畔讀書、深夜掃地、島嶼南北往返，我聽著他們聲音裡變化的光影，一次次感覺被安慰。於是開始蒐集著更多其他，被我暱稱為「使變釦釦粒粒藍」的Spangle Call Lilli Line。讓那些凝聚在音軌的層次感，帶我離開，穿越現實的膜，走在冬末異國小巷，被冰冷空氣包圍，但視野澄澈無比，可以望到極遠，身分是可拋的，記憶像舊衣般反覆摺疊，無關的人們繼續無關地經過，享用份內的孤獨是如此甜美之事。

向王菲許願

2008年底，香港女歌手何韻詩推出一張以「精神病院」為主題的流行專輯，叫做《Ten Days In The Madhouse》。封面上她側著臉，頭頂帽子如迴旋房屋般層層疊高。詞人黃偉文借使兩個日本女歌手之名，挪做曲題，「青山黛瑪」與「美空雲雀」，一首一尾，十個病房裡，還住著那些你我熟知的「堂吉訶德」或「少年維特」……當某種狂熱燃燒極致，不免成了病狀。

偶然在MSN上和朋友聊起這件事，朋友忍不住說，其實這專輯概念也好適合王菲，然後又囁嚅地補了一句，「其實還滿希望王菲復出的。」

是吧，比起何韻詩以精準美聲輕重演繹各種顫危精神症，王菲彷彿更置身事外，輕鬆撥動那些身體裡的紘，觸摸著病的宮商角徵羽——如果由王菲導遊青山病院，會不會是一趟更危險的旅程？

儘管如此，我們總還在生活中不時接受她的催眠：經過城市高架橋時，路燈低吟著〈乘客〉；長風吹涼夜歸的路，眼睛裡是〈當時的月亮〉；脆弱又頑強地祈求著無望的什麼時，吉他的弦總撥響了〈祢〉。啊在那個低溫的夜晚，當遠望著她在大舞台上玩著球，冷靜漂亮的聲音完美唱出如同錄製在唱盤裡的歌時，沒有想過那便是沒有告別的結束（雖然她確實深深對著我們鞠躬了），就像點閱某個心愛小說家的網站，最後一篇文章仍安然懸掛，無預警，但從此不再更新。

「對。我也希望她復出，有時候超想的。」我說。那程度，大概就像懷念一件異國櫥窗裡的衣服，或是一個漂亮的、走遠了的路人。雖然沒有過問的權力，但奇妙地糾據著在心裡像泡沫般占滿。

「有時候就還好嗎？」朋友問。

「有時候會告訴自己不要強求。」畢竟已經像菠蘿油王子一樣，一覺醒來成了大叔。櫃子裡還有幾首夠好的王菲可以放進回憶的唱機點播，已經不是太差的事。

「但與其王菲復出，」朋友在MSN那頭停頓片刻，說：「我更希望我家後面的漢堡店重開。」

難道不能許願一邊吃著美味的漢堡，一邊驚喜聽見王菲將推出最新大碟嗎？

據說能製作神奇漢堡的老闆娘現在去賣肉羹湯了。

躲在耳機裡的何韻詩哼出最後一個高音。

用饒舌樂寫詩

其實饒舌或嘻哈音樂，向來絕緣於我耳朵的領土。

一切都是被一個叫做蛋堡（Soft Lipa）的人打破的。自從在電視上不小心瞥見那支〈關於小熊〉的MV，緩拍的節奏和勾引的韻腳，就重複纏繞在腦中空屋。沒有抗拒，我像奶油遇熱溶解。買來專輯，才發現他不只透過「物」的眼光，倒帶一段微澀戀曲；旋律帶著一點chill-out，一點爵士，調軟了嘻哈原有的黑與暴躁，其他各首，歌詞更為出色——他的「soul food」是「旋律、大鼓和小鼓」；「有時處在放鬆和放蕩的中間」；甚至能自覺地「收斂太過油膩的題材」。

於是我一遍遍聽著，當身處移動的中途，睡眠的前哨，厭煩的隔壁，聽著蛋堡大唱「請你注意，我是軟嘴唇」，歌裡有青春反芻，鄉愁一種，愛情遷徙，城市經驗，（反）教育、用藥……或者，就只是可愛俏皮地敘說單人內心戲。

啊這不就是詩所羨慕的境界？熱愛寫詩的朋友細數他所讀過、具有原創語言的詩集：該如何擺脫經典的糾纏、技巧的陷阱，掌握所要命題，成為新聲？當世界的臉更形破碎，網路如透明藤蔓伸入每一個房間，訊息快速襲來但僅有局部，誕生於此時此刻的詩，難道只能謹守於一堵抒情、安全的牆？又或者，有一種可能，是更逾越、更輕盈、更生活化——像蛋堡的音樂？

用饒舌樂寫詩，是多麼夢幻的事。

我夢想著我的詩也能擺脫一種陳腔，撒一點必要的野，像蛋堡唱他「金賭蘭」的一百件事；我夢想著我的詩可以具備奇妙緊湊，「Hit the Rhyme」，他甚至想像他的歌是「女孩子」，沒有門禁，「隨便你帶她去哪裡都可以」；我夢想詩應該藉由尋常口語敲中（誰的）核心，沒有偏僻典故，或是自溺角度，「不只hot shit，冷盤也做」；我夢想著我的詩能像他稍稍單薄的聲腔一樣爽快直截，注射反省，喚醒那些「烹煮靈魂卻不得志的廚師」；更別說，我多麼夢想著，我也能讓每一句韻腳進行最好的轉折，「押韻能打開想像力的窗戶」，還可以「像一群朋友睡在通鋪」……

當我力不從心，捲舌失效，在想像力的疲軟中，又一次輸給了慣性；蛋堡卻站在一片音碟之上，展現絕好grooving，所有企圖都成為沒有企圖，「慵懶，鬆散，空轉」，每一首歌，都像我夢想著的詩。

我怎麼可能做到呢，我既沒有「軟嘴唇」，又不曾「畢業於押韻的學校」。

輕離地球表面

那時我被迫拘在一個接受控管的團隊裡面，每日不定時不定量服用秩序體驗。夜晚時分，通常很睏了，縮在草綠色幔帳裡，腦子裡暈眩回想一整天，數算似乎永不結束的明天；窗外慷慨遞來樟樹高達三層樓、被霧氣歎染過的味道。尚稱青春的身體像鬆垮零件，暫時擱置在椰子床墊上，我摸出懷中音樂，透過耳機，交棒給聽覺受器，讓神經刺激直達腦部。鼓聲，貝斯，電吉他，小小的吶喊，是五月天，他們的第一張專輯，青澀又直接，阿信在耳朵裡唱著各樣的歌，八分滿不加糖迷惘，三兩根生活的刺，六罐裝揮之不去愛的感傷。

得以離開監控掌握時，我便負心撇棄所有霧中風景，前往最鬧熱城市，逛遍自由所給出的界限，或者躲進小小包廂，將五月天的歌從頭點一遍，慘情症狀就唱「脫下長日的假面／奔向夢幻的疆界」，喔，還有不能說破的「你甘是這款人／沒法度來作陣／也沒法度將阮放」；憤慨症狀則唱「不管伊警察底抓／不管伊父母底罵／只要我引擎催落

／無人會當甲我軋／在這我最快最趴最大——」

好像身體裡也有一個引擎，加滿了油，極速出發，離開制度的引力捆綁，捨拋了負面軟骨，在歌裡面硬起來，青春像可樂氣泡般噴了一頭一臉……

爽快刺痛又新鮮。

是第一次，我可以用母語，唱出哀愁和低度叛離。就像那些日子，我也接受著非自願的意識注射，身體在經驗的土地裡冒汗、冒草；我行走於各種方形的轉角，看空曠夐遠的地上長出來的樹，時間葉片般掉落。還好有歌，串起了夢遊的時光。然後，五月天就出了第二張專輯。強調band sound，曲子流暢地接著曲子，依然那麼青春，像螫人的注視，從很遠的地方箭向於我，舞台上的丑角（我）顯得有些孤單，卻又無處可去，只好一遍遍重複播放，聽阿信如何用精準字句，穿透身體的牆。

於是，不熱衷聽Live的我，還跟朋友相約去聽了兩次五月天現場。一次在一間今已歇業的酒吧，滿室生煙，人群晃動，不太像Live，或許其實是小規模夢境。一次則在某縣立體育場，搭很遠的車去陌生地，黃昏，長長人龍已經串好了，迴遶著街鬨，延伸往更多陌生地。我和朋友擠在一群年輕人之中，赫然發現自己竟不年輕了，老了（但沒有故事）——還能負荷那些輕易的顫動嗎？等待天暗之際，湧進會場，鼓聲敲亮眾人的沸騰尖叫，才發現，前後左右，人們都在跳動，跟著音樂與那些再熟稔不過的歌，每一次，我們輕離地球表面。

也是在那個時候，我結束了國家的禁管，搬遷到城市，想像或許會與五月天在街角擦身。最貼近的一次，我正打算走進窄巷咖啡店，聽見好熟悉的聲音從身後傳來，有些不敢置信，但一回頭，看見一群人笑鬧著：阿信的側臉，瑪莎的頭髮，怪獸的牛仔褲……

無可能更光明燦爛的第三張專輯發行後，屬於五月天的記憶繼續蜿蜒。曾經跟朋友一起開車在縱谷之間，車上六片裝的CD匣裝滿五月天，沿途聽，沿途唱。朋友燃點低、易熱血，一路上都Nature High，窗外黃燦燦的油菜花開了滿地，我們路過飛墜的鳥，見證山巒弧度，為彼此指引一些詩的可能，還交換過簡易的潮濕與脆弱，而那些，竟也成為回不去的記憶錄像了？

開始聆聽更多不同的音樂之後，耳朵裡也有了新的世界。知道幾種音色的可能，試著倒立看同一種激烈。仍然買五月天，仍然想要在第一時間，知曉所有與之相關。雖則開始默默覺得：編曲太一致，曲風太流行，青春使用太過剩……是誰改變了？第四張專輯開始，麻木從我的手我的眼我的耳陸續長出，我單腳站在荒漠中央，就像擔心自己某些重要器官一樣地擔心著他們，還可能繼續下去嗎？或者該說，他們還能為我擦亮熱情的火種嗎？

無端漂浮在建築群之間，我的身體，接受了城市作息的浸泡，漸漸失控敗壞。夜晚時分，我不再躺在被控管隊伍之中，不再與他人相鄰，聽此起彼落的鼾聲穿過幔帳，淹滿我的枕與被。而今，我臥在高樓狹小空間，失序生活中，獲得大量失眠。第五張專輯，第六張專輯陸續產出……我知道，人們很容易使自己進退維谷。就像，我也不願意徒手放棄記憶，我是那麼貪心，但願所有曾經攜帶、陪伴過的，都要能插在背後當翅膀，管它要前進或者後退著飛翔。

偶然一夜，又失眠，輾轉至破曉，後山禪寺已傳來曉鐘，於是負氣而起，決定放棄睡覺，走到客廳打開電視，把自己種在沙發上。螢屏亮開，慣看的音樂頻道裡正好播著五月天。是第幾波主打歌了呢，我知道他們去突尼西亞拍了MV（但不會比在內湖拍的更令我感動）……我知道了太多卻沒有感受到什麼。

我趺坐著，看與我年紀相仿的阿信仍然甩頭甩手甩身體，青春的歌音從來未歇，他唱著，「啦啦啦啦啦／你想要世界／啦啦啦啦啦／就給你世界／啦啦啦啦／讓感性撒野／啦啦啦啦啦／讓理智全滅……」已經聽過了幾輪，卻沒有太感觸的新專輯裡的其中一首歌，居然就這樣毫無理由擊中了我。

房間漲滿了海潮，天色轉為晴藍，我傻呼呼跟著大聲唱：「對你深深崇拜／深深迷戀／深深的沉醉／深深愛上一種／奉獻的哲學／獻上快樂／獻上傷悲／獻上自我／獻上世界……」一邊唱，竟還煽情地流淚。

真是太糟了。

我關掉電視，回到床上，關上所有窗簾，攢進被裡，潛入睡眠。

又一次，我搭乘五月天，輕離地球表面。

5

树影

後座

開車上班。途中，天空乍裂，光在每一處塗漆。駛下高架橋，沿著河道，有一小段弧線風景，不是多特別，但因為光的臨幸，樹枝被風推擺，世界是晴。

我的眼睛瀏覽著由各支線匯集的車流，正胡思亂想，一輛小貨車變換車道，切入視線。它的後座加了蓬蓋，一般用來載運貨物，有時也載人——從前當兵時，就搭乘過後座，八名小兵抱著黃埔大背包面面相覷，東搖西晃。

然而那後座，坐著一個女人。

她露出上身，手微枕著往上扳靠的鐵欄。不知怎麼，望著她，感覺空氣中好像有歌。她自在眺看左側一整面塗鴉牆、幾株開綻粉紫色花朵的苦楝，戴獅子王安全帽的女騎士……終於，看見了我。四目交接的瞬間，她倏然坐直身體，像意外被點名的小學生。

在其中一輛車子轉彎之前，我們別無選擇，必須臉對臉。心裡突然覺得抱歉，好像我鑿穿了她片刻優閒，然而她又沒辦法離開，必須尷尬待在現場。

隔一片玻璃，望著彼此，受刑人與探監者。

不久，我打起右轉燈，往另一道岔路駛去。與她分道揚鑣前，掠過視線的最後一瞥，後座的她，彷彿是艘不繫之舟，馬路上，漾起粼粼波光一片。

誤植

我的工作之一，是找出錯字。正當我圈出「疆」屍，拉了條線，在空白處寫上「殭」的時候，手機振動起來。

陌生號碼。照慣例不接。有太多次，接通後，是冗長的推銷，訛詐。為免那些口舌麻煩，我讓手機兀自顫動身體。但有時，自己也無法解釋的瞬間，卻又選擇接起——

一個陌生又熟悉的男聲傳來。他首先驚訝我接了電話，隨即禮貌地解釋正在進行的聚餐。電話輪流傳遞在幾個高中同學手上：有著憨厚笑容的Z，酷酷的籃球少年C、漂亮的卡其服女孩K、跟我一起蹺過課的Y，原來我們都從南方遷徙、散落盆地各處。他們應該都長大了，只是我腦中一一對號浮現的臉，卻還停格在十七歲的樣子。耳中，跟隨著短暫的說話湧來的，是午後昏昏欲睡的課堂，校園裡製造濤聲的木麻黃，夜暗未眠的男子宿舍，幾件我牢記至今的小事……

那一年，我被該所私校特有的升學制度淘汰，在留級和轉學之間選擇了後者，於是，到抵另一間學校、獲得一份預料之外的人生。就像一個誤植的字，被不知名的手圈出，拉到旁側。

當時間重組版面，曾經挨肩的字們，還可以拼寫成什麼故事？

魚餐

辦公室附近是一片科幻荒涼，偏偏每天我得在這裡度過兩餐。下午三點上班，直到半夜下班。像一齣戲的中場休息的我的第二餐，如果想要獲得一點人間煙火味，大約得步行約十五分鐘。常常是連這樣的時間都稍嫌奢侈，或麻煩。於是，公司在停車場一樓所附設的美食街，便成為除了便利商店之外的重要倚靠。

美食街裡店家不多，早餐店（通常我在第一餐就已拜訪過它）、簡餐店（賣各種巧立名目的中式快餐）、麵店，以及一間我恆常光顧的，每日種類殊異的魚餐店。

從貿易公司退役的經理，和他削瘦帶著笑臉的妻子，除了日日早起製作小菜，也手工捏製鍋貼與水餃，裡面包著蝦仁或肉末。每天菜單更換的是自家漁船從基隆外海捕來的魚：白帶魚，肉魚，剝皮魚……或煎或炸或蒸，變換著烹調方式，成為一行寫在菜單上的選擇。

上桌時，搭配老闆娘自製的醃木瓜、滷豆乾、漬茄子，筷尖戳開魚身，翻綻出雪白的肉體，腦中不禁浮現電視上看過的，白帶魚在月光下像一把軟劍的畫面。

我偶爾在美食街裡吃，偶爾外帶一份魚便當，搭配著老闆熱情的聊天話語。比方一個兒子在法國念設計、一個待業；比方他曾經罹癌，靠著某類氣功拯救病狀；比方這辦公區域人氣慘淡，生意難持……

的確，與我一樣忠實的主顧並不多。然而那真是，非常具有家常氣味的食物啊。之於在外賃居的我，像一場蒙太奇，剪接著，在我工作的上半場，和下半場。在它已歇業的多年前，和此刻。

辦公室生物

會出現在辦公室的生物（除了窗邊一排時被澆灌的盆栽），沒有貓狗，沒有斑馬，沒有水豚，沒有史前時代的鹿，沒有獅子或蛇（或許也有吧），除了人，就是蟑螂。從舊辦公室搬到現址的前一夜，我和同事想過把高齡的傳真機砸壞。原因無他——簡媜那篇〈傳真一隻蟑螂〉，絕對真人真事。為免破壞公物，傳真機還是跟著搬來了。高壽長者在傳真新聞稿也罕得的年代，總是近乎負氣「嘟」一長聲，提醒大家它完成了工作。跟隨而來的新住民，我們，和傳真機裡蟑螂的子民，也各自覓了座位，日出日落，每日按壓兩次指紋。同事神出鬼沒，蟑螂也是。忽從不經意處竄出來，一溜煙又跑遠。正打字呢，正講電話呢，視線餘光感覺黑影游移，果然木質牆壁瘦瘦長長的一隻，弱不禁風進行午後的散步。奇怪總是瘦瘦的，甚至小小的，不是那種想像中油光滿面的，可能是蟑螂界的文字工作者吧。做為共處在辦公室的兩種生物，有時竟生出物哀之感（？）。這時，牆上黑影瞬已消失，大概就像門口時不時響起的按壓指紋聲響，有人下班去了。

縱火者

夜歸時分，平常無人的長街上，漫天揚起白煙。警察圍起黃線，車輛改道，但允許徒步通行。

一般的景象是：幾近無人的大街，容忍著風寬闊地撒野。獨有一間不寐的便利商店，大夜班店員忙著補貨、上架。等待公車的空檔，照例學管區警員進去巡邏一遍——巧克力都站好了嗎？氣泡酒都喝醉了嗎？茶葉蛋都乖乖睡著了嗎？

然後，便在空曠的街邊，胡謅著不成文法的瞎扯，鵠望著姍姍來遲的號碼。公車總會來的，像情婦般癡心等待著，總能等出一些似有若無的企盼。

今天，已打烊的那棟辦公大樓，卻起了大火。

經過的時候，火已經被撲滅了。黑夜中鮮紅色的消防車團團圍住了建築物，空氣中隱約仍有些焦味。小心繞過那些場景，像繞過一片租借給劇組的拍片現場。

誰在暗中縱火？風東西南北吹亂了夜晚的敘述，吹出變化的浪，心裡的草，挺不直身子。

溫柔司機

那時候我們，我和未離職的S，每預感末班公車將近，爛攤子一擺，背包一抓，「狗淫蕩」地離開了夜深森冷的大樓。要嘛兩人趁等車空檔閒逛那時還在世的一間超商（畢竟S是便利商店之女），買了什麼小零食小雜誌正等待找零，公車來了——找錢也不拿了，對店員說明天再取！要嘛等到兩鬢星白望眼欲穿但公車始終不至，而在我們咬牙切齒編造許多壞話後，竟見同一號碼公車三輛同時出現，太豪奢了我們還挑三揀四，硬要搭上其中最明亮的一輛。

也有這種時候：跑過一個十字路口，便見到他見到了一路狼狽小快跑的我們，貼心地將已駛離的車又一次緩緩靠岸。上了車缺乏運動的兩人還沾沾自喜喘著，他也不急著開車，等大伙兒都就座了才出發。觀察過了，偶有老者大包小包上車時，他也總是好整以暇等待他們坐妥、放好行李，車子才動。於是我們，我和未離職的S，便私下稱他溫柔司機。

溫柔司機一路上沒說話，我和S一人一本《壹週刊》翻看，沿路繞過大半個台北，然後她早我幾個站下車。揮揮手說了掰掰，整輛車便剩我一個乘客。有時也讓沉默繼續擱淺，有時溫柔司機會揚聲對坐在後頭的我丟來一個什麼問題。於是整輛公車就變成一輛加長型計程車，我也只好更換座位向前，閒話一點家常。我下車的地點，接近終點站，通常我下車，溫柔司機便笑著對我擺擺手。然後他繼續駛向不可見的黑暗。

有一天，我突然更換了交通工具，變成開車上下班。有一天，S也在「狗淫蕩」後離開了這座森冷的大樓。我想起未及告別的溫柔司機，兩個消失的乘客，對於他日復一日的夜航，會構成什麼程度的浪嗎？

守門員的焦慮

借用奧地利小說家彼得・漢克書名《守門員的焦慮》，原因無他：時至今日，擔任文學副刊編輯，近似「守門員」身分，且充滿「焦慮」。維基百科上這樣解釋：「足球比賽的守門員是唯一能用手觸球的球員，但只限在禁區內，否則被視為犯規。」副刊編輯工作主要的一環，無非審稿，決定稿件留用與否。然而稿件何其多，文學作品的優劣有唯一標準嗎？每遇文學獎評審場合便知道：再優秀的作品在不同閱讀者面前，都閃現不同光澤。無論如何提醒自己客觀，做為讀者的主觀性，仍不免暗藏其中吧？那麼，在此「禁區」內，以手觸球，真的不算犯規嗎？「對守門員的信任感是建立在避免出現失誤和驚險撲救的基礎之上。優秀守門員應不被失誤所困擾，並從中吸取經驗教訓。」失誤看來難免。唯每一次戰事都累積信用與經驗。把時間拉長來看，能否滴累出某種美學？那又是誰的意識型態所貢獻的美學？同時，怎樣算「失誤」？是編輯對於作品的誤判？又或者每一次決定稿件留用與否，不單單因為作品優劣？也許版面有限（你真的寫得很好，但是很遺憾不能只刊登你的作品）？也許作者無法超越自己，過多同類型創作重複（你真的寫得很好，但是這樣耽溺下去真的好嗎）？也許報紙做為一種大眾媒體，有其優勢與限制（你真的寫得很好，但是每天版面上限只有五千字呀）？也許，相似主題將在近期專題中曝光（你真的寫得很好，但是我們即將刊出內容物相近的訪談）？……也許，再怎麼解釋都嫌貧弱與心虛，只好淡淡濃縮成一聲「不好意思」。

對於已留用的作品，因為種種緣故，無法盡快刊出，總也無比焦慮：啊，那首歌詠春天的詩，如今竟已殘夏。啊，那篇關於落葉的小說，如今樹已萌芽。啊，那篇提到粽子的散文，如今大家吃起湯圓。啊，那則抗議現實的極短篇，情勢一波三折改變著。最遺憾的莫過於，啊，那摘錄的長篇，還未及刊出，作者已離開這世界。

當網路改變人們對出版品的想像，也改變書寫者對於副刊的想像，（報紙）副刊該如何迎戰？（或，是否有必要／可能迎戰？）再怎麼講求時效，也快不過每分每秒有人貼文的臉書。再怎麼講究版面設計，一日一日的消耗，也比不上書籍愈益精緻的裝幀或雜誌高畫質印刷。時代變易，副刊除了做為發表作品的園地，還能負載什麼？手邊珍藏一冊《眾神的花園》，書名副標題「聯副的歷史記憶」，出版日期是1997年。那年應是網路將鋪天蓋地改變人類生活的序曲時期，而翻閱書中所錄關於過往聯副大事與專題規畫，幾乎與2004年進入自由副刊的我的工作內容相去不遠，甚至因為各種條件漸形匱乏（人力或版面的削減），而顯得今不如昔。我不由得心驚：倘若每日操作細項，無有任何開創，那麼此行將是一條不歸路（是的，我沒有忘記，早有同行的前輩將文學副刊比喻成一艘將沉的船）？

還有更不堪的。歲末，網路書店年終排行榜揭曉，我傻著臉對主管懺悔：「怎麼辦，年度華文暢銷作家，過半我都不認得！年度華文大眾文學暢銷作家，我只認得兩個！」我開始認真思考：真有平行宇宙？主管淡定回答：「只能說，現在天空中有很多光束在交錯著，文學副刊只是其中一束。」我沒有天真到以為此時此地人們仍耗費大量關注在副刊上頭，只是訝異：原來我與島嶼上的讀者們，連錯身的機會都沒有。

焦慮之外，偶爾也漾起一點（對於過往）幽微的懷念。尤其是剛加入副刊編輯隊伍那一年的幾件瑣細小事。那時，整個報社熱鬧些，每日午後，幽靈般搭電梯來到座位前，等時間被誰偷走。審稿時，得從座位離開，親密側身於工讀生和同事T之間，窩在一台老舊蘋果電腦前，用一隻快要壞掉的滑鼠一一拖曳稿件往不同的命運，晚間，每每有一種眼睛要瞎掉的預感。我想我一定對那滑鼠很壞，茶水間偶遇其他版面的同事L，她笑著勸：「不要再砸滑鼠了！」

某日，同事T突然從校稿（另一項永遠需要焦慮的事）中，幽幽抬頭問我：「咦，你知道M的托福考滿分嗎？」M是當時版面上唯一的記者，負責「國際文壇」所有內容，我們座位相對，隔著好多公仔跟玩偶。我大驚：「那，她還獃在這裡幹嘛⁉」在這裡——在書堆，在看不見的錯字，在永遠被追趕的未來的版面。我亦懷念有一次，陪M去採訪法國插畫家，她用好聽的法文問很多問題，我只能在旁手忙腳亂側拍，訪問將結束，同事T傳來簡訊：「不好意思，我身體不舒服，得先離開，可以麻煩你先回報社嗎？」我從山上搭車，一路明晃晃的陽光好不真實，回到報社，同事T居然還想拿著未校完的版面離開——鞠躬盡瘁，我想大概就是這個意思。

每週三，做隔日見報的新聞版，同事M午後先傳來題目，然後別無例外，到了六點多，會帥氣地將所有稿子與照片一股腦兒傳給我，「圖說進報社再寫，文太長你就刪吧。」咚地從MSN下線。我便細細讀起那些文字，在字數邊界拉鋸，那裡面有她但願傳遞給讀者的細節，還有身為資料控難以割捨的一切。死限之前，版終於降了，躲在細節裡的魔鬼也只能任其散髮夜行了。我們仨，東摸西摸來到午夜十二點，地震忽然來了，放眼整個辦公室，居然早已傾巢而空，同事T大喊：「我不要死在辦公室裡！」同事M好冷靜關電腦關燈，我們仨，小心翼翼一前一後摸黑走八層樓梯下樓，到了地面，望著彼此忍不住哈哈大笑。

6

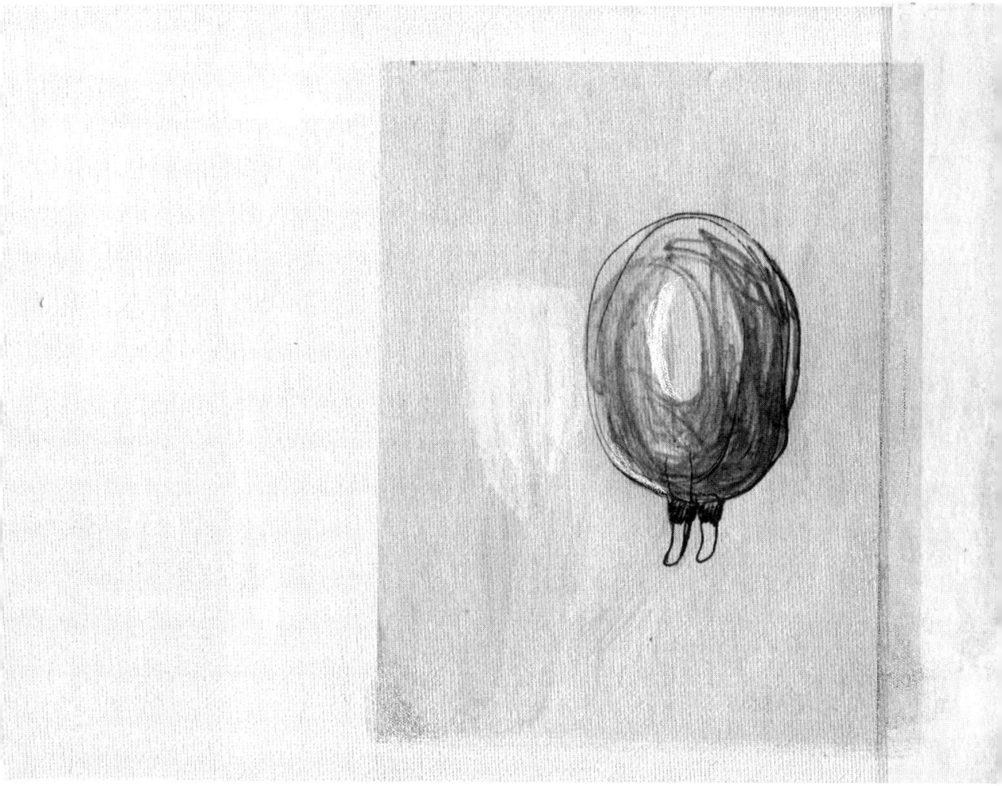

射影

卮言者

房間裡播放著你喜愛的樂團，進浴室之前，我聽見EP裡最後一首歌即將結束了。我在浴室裡靜靜地等待。終於，沉默響起——好長的一段沉默啊。我光著身體，在蓮蓬頭的水柱灑落之前，等待你按下重複鍵。

只要一個簡單的動作，一切又可以繼續了。

你所遭遇的困境、我無處擱放的情緒，就讓那個樂團再唱一次歌吧，我默想著希望能發揮念頭的磁力，或許浴室外的你能感應到。

當我完成了沐浴，走出浴室，房間裡卻仍堆滿過量靜謐。你坐在原處，你不知道你曾錯過一次機會；或者，錯過的其實是我呢？

受害者

一群人譁笑的時候，酒杯輕碰著酒杯，讓服務的人為我們倒盡最後一滴酒，不管是疲憊或欠眠，已經食用完畢最後一塊巧克力玉米脆餅。對話的空檔，聽見那首慣聽的歌，微弱地夾在語言的土司裡。

飯局還沒有結束，我抬起頭，凝望上空的燈，陽光從身後大把大把地撒下來。我跳過桌上的蜂蜜與百香果，想像你正在做什麼？

訂正一個人生的錯字？穿過一盞情感的紅燈？拎著一罐冷茶走過一條街？

無意義的杯子已經空了，被咀嚼海鮮與紅肉的嘴唇沾過，空氣漸漸稀薄，一點點酒意使人倦睏，想要抽身，像一個忽然與自己肉體告別的瞬間，從那些招呼、笑語中，獲得（說話與不說話的）自由。

直到我可以看見你（你在日常裡安然無恙）。

直到有一天，當彼此的名字已摩擦、難辨……誰都不是故意的，誰都是一個曲折的受害者。

溫柔

篩去那些因為活著本身所製造的混亂，以及漸漸傾向陌生的尷尬，你離開這世界之後，幾次想起你，突然漾起一份無可聞問的溫柔。彷彿時間沒有移動向前，陽光永遠照落在你故鄉的海藍藍。房間裡孵生的祕密繼續堆滿整片地板。深夜電話中交換過冗長歎息始終無法掛上。我曾經選擇接受你的滲透，又拒絕你更進一步的滲透。那些不曾被想清楚的細節，像灰塵，靜靜匿在生命暗處，以為不存在，但只要輕輕一掠，指尖即沾滿過量的情緒。

如今想來，我們竟從沒有聊過關於政治的事。或許，那些已經死去的夜晚，不斷重複被談及的愛情，遠比政治更加政治？

蓮藕湯

你常笑說，我們是互斥的。因此，總兜不在同一座城市。認識你十多年來，兩人先後流浪過幾處。你在我的家鄉服役，我在你剛離職的公司附近上班，真要見上一面，不太容易。然而，你幫我保留了一方自由席，在你工作空檔，或刻意繞點遠路，偶爾捎來一盒澳門小餅、你慣愛的豆沙粽，或像今晚，當我深夜歸家，一壺蓮藕湯候著，是你的家常煲湯：肥美藕節依著豚骨不知熬上多久，湯碗中漾泛深紫色澤，秋日漸涼，喝來暖胃。你忙碌的行程中，我們短暫的交談通常只有一根菸的時間。當我望著你說話、笑起來的樣子，好像時間不曾移動，我們始終青春如昨，而其實多少當時的朋友，都已半途失蹤——

謝謝你始終沒有放開我的手，像絲連的藕節，同歡於一碗人生的湯。

夜船

微雨時刻，沒道理地想念起那一艘紅豔豔的夜船。

一早我們便忙著從一個島前往另一個。第四座島，的士落車即抵大樹下茶室，每日限量現烤的豬扒包不獲你青睞，隔壁百年蝦醬前拍婚照的準新人倒笑得尷尬甜蜜。陰日下繞完短短老街，跨過大馬路去假威尼斯，我意興闌珊，你卻好認真幫貢多拉和船伕留影。繞完迷宮運河，嘗過安德魯蛋撻天色已墨，旋即趕去議事亭前地。與幾個剛從學校離開的葡裔孩子擦肩，到處掛滿喧譁燈飾應景：聖誕老人與黑白熊貓咧嘴圍圈齊舞，這樣不中不西，你亦毫不介意，踩著黑白相間碎石波浪街道，探過邊度有書，就往大三巴去。臨走，時間無多，火速食畢黃枝記，轉往碼頭搭船。等船空檔，在小賣部用光零鈔與銅板，你笑說應該不會再來了。

船駛離碼頭，初有微微傾晃，靠窗，我目送那一片燈火，直到窗景轉為黑暗。與其說想念夜船，其實，我想念的是那一段黑暗中的航行。

艙內騷動漸息，夜晚的子宮懷孕著我們，窗外看不見航道，你坐在我身旁，逞著精神，觀察其他乘客一舉一動，復小小聲說給我聽。

我偏愛這樣的虛線，在島與島之間，夜船知道自己的方向，然而，現實暫時擱置，黑暗與海同等遼闊，移動還未完成。

心經簡林

纜車像一隻隱形的手，一路將我提高。從東涌灣上空俯瞰，遠處赤鱲角機場即使在晴好的午後，仍罩著一層濛濛水氣。車廂內沒有人說話，對座男子身後，有誰調皮地在壓克力窗上透明刻撰「你好嗎」的字樣。高空氣流輕竄而入，帶著一點涼。過了彌勒山，下方景致改為壯闊起伏的山浪。終於抵達昂坪，隨人潮一路湧向大佛。佛逆著光，不管多少身體經過、喧譁，祂不說話。我繼續往前走，穿越長長幽徑，到抵心經簡林。三十七根花梨木樁，直挺挺插在鳳凰山腰，上刻般若波羅蜜多心經。由低處往上踅，繞8字形，逐樁念出木身上的字句。光線迷藏般跟隨，走至最高處，站立土坡上，恰可望見斗大字句寫著「心無罣礙」，我卻終究想起了你。

免費擁抱

秋天夜晚，澀谷街頭，還殘存一點未散的夏。一日行程之末，已經用罄體力，準備搭車回旅館。走進車站前，遇見五個大男孩，高舉著「FREE HUGS」的招牌，人來人往，夾雜著幾個像我一樣，因為好奇而停下腳步的人。男孩們臉上掛著微笑，回應那些空氣中的耳語。而就這樣過了許久，終於才有一個中年男子走向前去，索取了一個免費擁抱。想必澀谷冷淡而快速的都會波率因此有了一點小小的緩衝吧。那時還不知道，原來這發端自澳洲（一說是邁阿密）的活動，已在世界各地蔓燒。望著他們稍嫌冷淡的生意，心想：有何不可呢？生活，或者生存，有時真的脆弱得好希望有個什麼人不必任何理由就將你緊緊抱住啊（就像，我幾度想過讓自己像個現行犯一樣擁住你——ハグ自由，那牌子是這麼寫的）。然而，我持握著莫須有的害羞，如同身旁的大多數，拿出SUICA，嗶地一聲，穿越了剪票口，消失於陌生。

曼谷市集

走在曼谷的恰多恰市集（Chatuchak Park Market），得耐得住熱（還好你可以）。然後便可以靜心欣賞活色生香。整個市集大到無法細數，活物、煮物、靜物、衣物、人物……前一攤掛售一件T恤寫著「男孩是我最愛的食物」，後一攤各色荷葉僧褲任君揀擇。前一攤大型爬蟲攀著木枝吐舌，後一攤各類蟲蛹快炒可當零食享用。前一攤編織小包星羅展示，後一攤黑硬皮件隨地扔售。從雅到俗，前者布置一爿小店風光別具，經營飲品生意；後者露天撐起一把大傘，南洋果物便宜陳列。然則最好看的仍然是人——眼前一對女同志怡然拖手逛街，路旁賣瓜的中年老闆看見鏡頭便恬然一笑（笑容比瓜還甜），蹲坐矮溝邊刻著木蓮花的小童臉上有著適量的茫然。也有像這樣的：那男孩拎著一乳一啡兩色小狗，無辜盼望過路人的垂青。我猜，你會挑乳白色的那隻。

7

刺影

1992

臨別的夜，男孩女孩圍一圈小小的圓，小武唱起萬芳〈微笑的星〉。為什麼喜歡這首歌呢我沒問過他，但南下火車上，我的隨身聽錄有小武的聲音，反覆聽。反覆濕了眼睛。那原該只是兩、三天暑熱的日子，營隊裡聚集了太多體質相近者，我於是獲贈大量燃燒，像一張自以為受潮但其實沒有的紙，回過神時，身體已是灰燙。那一夜，我是否和小武窩在同一張床上，聊啊聊的直到天亮？

明星一樣的小武，說話專注凝視對方，鬈髮，眼鏡，酒渦，穿起略嫌土氣的藍制服仍然奪走眾人目光。因為小武，我才知道萬芳，隨即愛上她帶著一點點危險走索感覺的嗓音，唱起同一張專輯裡的〈半袖〉格外牽情。大概也因為整首〈半袖〉就唱一個離別場景——

那時的離別，比較具體。跟一個人說了再見，除了電話，就只能寫信。我住宿，不便電話。努力寫信。週末返家，父親桌上有一疊我的信，我先看寄件地址，一封封揀擇，望見那不臨海的小城捎來的一封，是小武細細、飄逸的字，心突然凝住，躲進房間，拿刀片將信封整齊裁開，捏出薄薄的信紙，一字一句讀起來。讀完再讀一遍。然後護身符般藏在書包。小武知道我曾經如此倚賴那些字嗎？當我一個人走路，發呆，等公車，追蹤空氣中特屬於秋天的大葉山欖氣味，想像小武在另一個空間，正做著什麼呢？便不自覺哼起萬芳。

小武是霧裡的少年。我將信投到霧裡，等遠方兌回一些煙火。幾度更換住址，小武的信沒斷。後來我們在同一座城求學，仍維持寫信。反倒是見了面，羞澀，遲疑。心裡那些游動的魚群，缺乏合宜的出口。明星一樣的小武總是知道的，他輕輕笑起來，霧是沒有裂痕的。

我們是怎樣丟失彼此的？地震在島身上畫出傷口，小武隻身前往部落參與重建工作，隔著一座山脈，偶爾還能交換近況：當他肩負大背包佇立我眼前，話語眼神誠懇，笑靨甜度仍然，儘管早有更多啟蒙在他的身上交互作用……我發覺自己的貧窮，口袋裡掏出幾件小事報告，小武漾起酒窩：「我知道這些，你書上都有寫呀。」

原來小武讀我。是否，曾讀出我的破綻？

深夜想起小武，翻箱倒櫃找信。其中一封夾著雨聲，小武毅然決定從霧中走出，遞來問候與我不曾問的答案。那封信曾是腦中的巨大閃電。忽然就好多年過去了。萬芳或許再也不曾唱過〈微笑的星〉，那張專輯翻唱多首今井美樹的歌，和她現今所要的音樂狀況，很不一樣了吧。那麼，小武還唱嗎？

唱完〈微笑的星〉，小武會給我一個大大的擁抱，然後我將獨自搭上南下列車，若有誰趴在雲的破口俯看，或會看見：火車像一條溶入黑夜的線，1992年的我，倚在開敞的車門，目送天空漸遠。汽油燃燒氣味混合南方魚塭泛起的潮氣，還有入夜後草的呼息。我的身體傾斜，火車轉了個彎，有些什麼，從此被留在那看不見的起點。

1993

在Z死去多年後，每想起他，除了一捲沒還我的卡帶，還常常是那個有月亮的夜晚。1993年，我住宿，Z通車上學，我們進了同一個社團。Z的成績比我好些，個性跟我一樣軟弱，像彈性不好的球，把什麼擲向他的時候，那團物事只會疲憊地墜落。同為被切掉的土司邊的我們，終究還是成為朋友。大概也不意外，我們喜歡同一個女作家的散文，喜歡笑起來像隔壁班女生的蘇慧倫，喜歡在書包裡放一疊稿紙，趁數學課寫。

早上第一節課後，如果沒到福利社去擠購一碗稠度離奇的大羹麵搭配雪克33，Z會帶著他的早餐跟當天的副刊來找我，我們站在走廊上啃三明治，一邊把報紙攤開，猜那陌生的新專欄作者，是不是我們喜歡的女作家為了獲得男性身分瞎掰的筆名（事後證明只是我們無知）？住宿的時間感是箱形的，整塊嵌入，整塊取出，一週間無法接觸電視，不識網路、手機（奇怪竟也不怎麼資訊焦慮），通向外界的臍帶是週三夜晚固定打回家的電話，以及，Z偶爾渡來的訊息：「蘇慧倫出新專輯了喔。」放學後我馬上衝到宿舍樓頂，幾支報夾秋刀魚一樣閃爍漠然的光，只有零零落落幾張地方新聞。不死心，週末回家翻家人亂扔的舊報，找到半版廣告，奇特手寫字體，歪撇出「六月的茉莉夢」幾個字，蘇慧倫穿淡紫色薄衫，赤著腳，甜甜笑。我拿剪刀將廣告仔細剪下來，夾進稿紙底層厚紙板。

Z常常借了不還。買雪克33的零錢，新獲的村上春樹，一隻心愛的筆——是不是就是那個夜晚，Z用眼神巡邏我的卡帶們，抽出那一張，「這可以借我嗎？」暑假他來找我玩，晚上借住我家一間格局詭異的雙拼公寓，室內打掉一面牆，湊成較敞的坪數，卻又內置一方多餘的和室。他不介意。我也不介意。畢竟那個租界般的空間，我們能奢侈地從規則裡短暫逃開，漫無邊際聊許多事。為了讓冷氣自由流動，兩扇和室的門並攏，也因此，躺在裡頭，能看見亮晃晃的月光拂落陽台。睡意來訪前夕，Z突然問：「我們不穿衣服睡覺好不好？」

那時，《六月的茉莉夢》播完了A面，播放鍵自動彈起，我起身將卡帶轉成B面，啞啞地說：「好啊。」然後我們便不開燈，把衣服脫掉。我還記得黑暗中，月光淡淡染上了Z赤裸的背和臀部，看起來涼涼的。

我們一南一北展開大學生活後，蘇慧倫也展開她的「變身三部曲」。我猜Z跟我一樣，會身不由己把每一張她的CD都買下來（但不一定一直聽）吧。Z死去那年的耶誕節，我在花蓮小唱片行買到最喜歡的一張蘇慧倫，《戀戀真言》。不過，再也沒有機會問他是不是跟我一樣，每當聽見〈我離開〉的前奏就流淚。

1997

起飛前，K溫柔地為我繫上安全帶。我們已失去戀人身分。和K一起去參加張惠妹簽唱會的人，不是我，是M。和K交往時，我同時寫曖昧的信給M，夜裡從宿舍溜開，排隊打公共電話給M，騎車去M暗暗的公寓，聽他的音樂。M也回信，也拉我吃消夜。小酒館喝酒。M不愛我。

M和K，一起去了張惠妹的簽唱會。

失去戀人身分之前，我和K約定一起去曼哈頓。機票買好了。旅館訂好了。來不及取消了。仍然一起出發。一到曼哈頓，我的行李就掉了。相機也壞了。心情好差。我看見K打越洋電話給M。我一直注視那個背影。戴著耳機聽張惠妹。有種酸酸的什麼，滲進眼睛。

那年夏天。騎機車規定要戴安全帽。進唱片行改買CD。房間電話連接答錄機。網路未通。雙塔仍矗立著。戴安娜王妃和張雨生還活著。唱〈Bad Boy〉的張惠妹還沒有遇見她的bad boy。整個夏天，我和K，在曼哈頓島上走過來又走過去。夜晚。旅店裡，兩張單人床，隔著一條闊走道。我側身看見對岸的K，或許，他會跨過黑暗，走向我？

M把我寫給他的信，給K看。K生氣。K生氣的方式就是，把我丟掉。然後跟M談戀愛。不過在曼哈頓，K沒有把我丟掉。我們每天一起吃早餐。吃午餐。吃晚餐。看音樂劇。逛許多街。亂買東西。坐在一百歲的咖啡店裡，我寫明信片給坐我正對面的K，K寫信給沒跟來的M。我不寫信給M。我生氣。我生氣的方式，就是把M丟掉。

前一年就愛上張惠妹。她在廣播裡說話的聲音好好聽喔。每天都去唱片行問：張惠妹出了嗎？不只我們，整個島都愛上張惠妹。學校早餐店每天都播〈姊妹〉。有熱奶茶與三明治的早餐店。很快，第二張專輯也出了。我捏著CD，一首一首讀那些歌名。如果K找我去張惠妹簽唱會，我一定會去的。為什麼不找我呢？K甚至還去了M的老家，我都沒去過。在曼哈頓，我們不談這些。我幫K拍照，K幫我拍照。背對電池公園。拿著熱狗笑。夜晚，K挨近我的床邊。床好軟。我們都陷進去。

陷進時間裡面。

許多年過去了，M和K先後自我生活裡離開。生活是：努力將魔術方塊調整成同色同面。隔夜醒來，發現顏色又一次凌亂。M移居香港。K在布拉格從事藝術品買賣。偶爾，LINE給我他和戀人到鄰國小旅行的照片。K的戀人，半個臉藏在他身後，笑起來呆呆的。K說，前些日子到香港出差，跟M吃飯，「有些人一輩子都不會變。」K說，布拉格居然淹水了，他在窗口看著大水，忽然覺得上面應該有一艘龍舟，「然後就超想吃粽子的！」K說，記得先幫我買票喔，下次回台灣，一起去聽張惠妹的演唱會。

1999

當兵一年，時間緩慢，總算還前進著：每日大武山旁，樟樹散出好聞香氣，夕陽療癒系，但所有人忙著編成，每日全副武裝，荷槍，烈日下要求整齊，成為一條線。一條直立的線，一條和他人合一的線。靜止，移動。沒有個人。扯起喉嚨唱軍歌。合音。答數。沒有個人。唯當夜晚來襲，熬過睏意滿滿的晚點名，讓蚊子在臂上叮出北斗七星。幸運的話，當夜無哨，便可以拿出貼了管制標籤的隨身聽，溶進黑暗。卡帶裡錄著自己想念的音樂。也許是王菲——很快我沉入睡眠。

一日，突然從直線抽離：剛下部隊時，受過通信訓，背過摩斯電碼，於是派我去電台值勤。我和阿源，兩人一組，不用跟部隊作息，不用早晚點名，自己打飯菜，輪流洗澡，免站哨，夜間坐在藤椅上假寐。這眾人眼中的涼缺，成為當兵生涯的小假期。阿源每每好胃口吃光所有飯菜，笑起來露出一口白牙。洗完澡，他厚實的身體飄來沐浴乳香味，像一個家裡的兄弟。戰備期間，也許多達五個通信網同時執行，據說若脫網，呼而不應，就送禁閉。在微妙的緊張與小小的威脅中，我們還得空聊天。因為共處一室，閒聊內容，比日常更深入一些些。大概是看得見造礁珊瑚的程度。

是夜值勤，夜深後我盹著了。接著是如常的早晨。午間，我開小差溜到營站打公共電話，看見一隻隻話機旁都貼了白紙：「中部以北的弟兄請盡速與家人連絡」，偌大楷書黑體字，隱約感覺不祥。很快，整個裝甲旅，一個營、一個營的軍力，被派去救災。

多事之秋，莒光作文簿上，我留下八股痕跡，在行線間企圖吶喊，脫軌。我寫，「生活像一部充滿既視感的影片。」連長回：「在枯燥的生活中，使自己的生命充滿光采！」我寫，「地球彷彿是飄浮的。」輔導長回：「夏秋季節變化，注意身體狀況。」我寫，「活在上一秒和下一秒，人有什麼不同？」少尉排長回：「當兵這段時間，不要想太多！」隔絕於外界資訊，每十日，等待冗長離營宣教結束，終於，老巴士駛離營區，車上響起一陣歡呼，夕陽照落外頭原住民村落，掉了漆的聖母像。我重回世界，總是好緩慢望著街上的人，移動的風景，小學圍牆翻出來的笑鬧聲，一、兩朵不識名字的花綻放：有許多人在一瞬間逝去了，我怔忡想著，自己像《死了兩次的男人》，或又一次轉世的鬼。

差不多就是島的傷口釀成前，王菲發行《只愛陌生人》。一放假馬上買了。一曲

〈當時的月亮〉怎如此應景？營區熄燈後，夜涼如水，我自連隊兔脫，被派去旅部取〈每日公報〉。星星布滿夜空，像誰的眨眼。平常不容曲斜行走的步道，仍隱約控制著我。但心裡有一些什麼，電碼一般滴滴答滴發出——當時的月亮，溫柔地朝地球上渺小的我，無私發出光亮。

像遠足一樣，阿景借來一台瑞獅，S開自家紅小車，再加上L，幫我搬家。分幾趟上上下下，將雜物細軟都裝妥了，便出發。穿過瑞芳，北海岸蜿蜒，宜蘭小歇，上了蘇花，途中觀光客般拍照。一早已黑雲滿天，間歇飄雨，我將臨行前買來的ＣＤ推入音響，短暫沉默讀取，隨即有吉他撥弦，伴隨許茹芸特有的柔韌嗓音在車廂裡左碰右撞。

阿景熟練駕著車，我望向他的側臉，想起不過是一年前，我們合租一層樓，接續大學時代同居時光。他早我一個月自憲兵退伍，我拎著一卡皮箱到那「空盪得可以踢足球」的公寓，以為就此落地生根。我和阿景的台北蝸居，位於航道之下，樓矮屋熱，夜裡踩在褪色薄荷綠磚，揮不去的暑熱。我輾轉幾回仍然無業遊民，阿景相對工作穩定，得空時，他樂於烘焙麵包，能獨力烹煮一桌台菜，耐心陪我偶爾北上的家人四處玩，當我自處結界敲打訪問稿，他無事人一般看熱鬧八點檔。夏夜炙過頭，難以入眠，他慷慨掏腰包裝了兩台冷氣。還能有更完美的室友嗎？大概也是很難解釋的默契，一日阿景應酬到深夜，醉酒歸家，我已先睡。破曉朦朧中我夢見，我起身到隔壁房間喚他：「欸，起床啦，上班要遲到了。」當天下班，他竟對我說謝謝，他說他夢見我去喚他起床，驚醒過來，「好險，不然就遲到了。」

一路上，和阿景日常閒聊，好似他要載我去什麼地方短遊，很快會再見面。偶爾望著緊貼蘇花公路的海，偶爾翻看上了亮光、透著塑膠味的歌詞本。我大概不算標準的許茹芸歌迷，我喜歡的都不是那些最慘情的歌，反而是卡帶B面第五首。當然，李宗盛鍛鍊過的〈真愛無敵〉，黃耀明染指過的〈難得好天氣〉，都讓她的可能性增添。阿景體貼讓出了聲音的空間，他沒有對許茹芸發表意見。好容易，一行人到達花蓮，順利找到我預租好的住處。行李卸完，見雨勢不妙，阿景很快決定當日戰回台北。沿途通訊：早上經過的瑞芳淹水了，再晚些，水已淹到家門口。多待一夜的S和L，一個決定環島向南繞一大圈，一個搭乘火車回台北。

2001年夏末秋初，納莉颱風橫掃，盆地孕成水鄉，捷運嚴重癱瘓，我讀著新聞，彷彿失語的浦島太郎。我將許茹芸的CD放進床頭音響，趴在陽台看左手的海，我喜歡專輯最末27秒的〈夜之海〉，無歌，只有潮聲說話，我便又想起阿景——儘管屬於阿景的音樂應該是今井美樹，廿歲那年他去日本當交換學生，在清水寺前拍了張照，夾著

ＣＤ寄給我；又或者大學最後一年，我們一屋子都愛聽的莫文蔚。然而人生是沒有道理的。就像那場遠足般的搬家，我也從此將自己搬離阿景的半徑，他展開種種我未及參與的新生活：遷離台北，衝浪，陌生的戀愛，偶爾在臉書邀我玩 Candy Crush。

2002

　　在一地生活一段時間後，事物便沾染了舊。舊像油漆，塗在瑣碎什物之上：浴缸。流理台。書桌。衣櫃。唱片。凌亂的書。舊以一種自在的方式，衍出看不見的根，附著於我已知與未知的事物。阿易就是在這時出現的。

　　朋友們的夜間聚會。桌上有魚湯，炒蔬，油湯湯的幾道，剛從機場離開、到飯店放了行李便出門的空服員阿易，初次見面，像個仙人，坐在旁側，微微笑著。也夾菜，也喝啤酒，可杯盤狼藉了，你我他油光滿面了，阿易還是乾乾淨淨。哪怕他吐露在餐桌上的話語真實，愛恨聽起來雖淡淡的，但很分明。

　　較熟稔後，一次阿易到我住處，蹲在ＣＤ櫃前挑音樂。房間並不敞亮，他身上自有一盞光源，忽然，他抬頭問：「聽過陳冠蒨嗎？」

　　腦中倏地閃過那銀亮色包裝，當初嫌特殊設計難以收藏，究竟是沒買，還是買了轉贈給別人已經不記得。但是陳冠蒨的嗓音，微微異樣的咬字，隨興的自由拍，長得要命的歌名，「你若是愛我請你說出口」，就像一個自機場裡走出的他國旅客。可能就因為喜歡，特地跟朋友約了去「南方安逸」聽她唱歌。烏墨墨的小酒館，她坐鋼琴前，旁邊站著低音大提琴手微笑撥奏，整個夜晚就是爵士樂。我一直記得那個夜晚，像一片涼糖，含在嘴巴裡轉述給喜歡陳冠蒨的新朋友。

對於我的記憶，阿易不置可否。下一次見面時，他送我陳冠蒨隔了八年才又出版的《欲言又止》。封面上厚重的帽子遮去半張臉，剩下半張臉噤聲不語。我們坐在房間裡一起聽。專輯開場，是一段捷運關門前的警告聲略顯急促地響起，彷彿有些什麼，就要來不及；又有些什麼，已經發生……冬季來了，天很冷。有時當我踏著冰涼的地磚，讀一本困難的書，便接到阿易的電話。他在電話裡向我敘述他的房間，房裡亂跑的貓，貓旁邊的衣櫃，小小的過敏使他略帶些鼻音，在電話裡聽起來，彷彿敬業的廣播主持人抱病工作。

阿易的電話，其實總沒有說上什麼重要的話。有時我懷疑他只是需要和貓以外的東西說話。但不管說什麼，都欲言又止。

好多年前的事了。陳冠蒨傳說中的第三張專輯，一直沒有出現。

搬到現在的住所，高樓窗外有山，我知道更遠方那些點綴是塚群。住了幾年，偶然從臥室窗邊垂直往下看，才赫然發現近山的矮屋旁，有一座孤墳。因為太近了，有種錯覺，幾乎可以讀出墓碑上的名字。我趕緊將窗帘拉上。夜裡想著，我和死者，此刻在平行的時空裡都躺平了。又過了幾年，有一天竟發現那座墳整個被挖空了。黃土地張著空洞的嘴巴，牙被拔光了似的。

一個巨大的啞口：上班途中，亂數播放的iPod傳來陳冠蒨低低的歌，突然想起久未聯絡的阿易，就類似這樣的感覺。

2010

我的朋友阿甜有送禮物的才華。他多半送我ＣＤ。因為他對音樂有著過人的興趣和天分。簡單來說，他有著造形精美又實用的觸角喔，在世界上難以計數的音樂中，宛如貓頭鷹藉由聲波定位獵物一般，能篩選出品味良好的樂團與唱作人。對於音樂和顏色搭配都顯貧弱的我，總覺得只要跟著他的耳朵，大概就能晉級到一個（音樂的）上流社會。不過，所謂才華，不僅於此。通常他送的ＣＤ，別無例外，是我沒聽過的名字，並且，將會成為我無可取代的心頭好。也就是說，他所餽贈的，並非單向以其意志為美好的前提，接受者的程度也顧慮到了，平衡兩者，即才華之所在。某天，在咖啡館道別之前，他從包包撈出一張《我不懂搖滾樂》：花花標題字，女孩在河堤上幾乎要露出底褲那般做出舞蹈姿勢，還有絕佳的專輯名，一聽，那三三八八好可愛的風格，果然是，我的菜。

《我不懂搖滾樂》只有八首歌，最末曲，主唱斑斑順便介紹團員，流動的馬戲團那樣歡樂，有一回我聽著聽著卻哭了。我不懂我自己。新識心頭好的第二步驟，就是想要獲得更多。網路一敲，第二張EP也發行了。要入手卻沒那麼容易。多數店家表示已無存貨，電話中得知，位於我七點鐘方向的一間神祕唱片行，竟然還有，我拜託老闆先幫我保留，再請離那兒最近的阿崩君下班後幫我取貨。阿崩君一頭霧水，二話不說，不負所託。順利到手的漫畫風《外星人的真相》，只有三首歌，一樣三三八八，仍然是，我的菜。

然後雀斑樂團就解散了。

簡直像沒有獲得解釋的分手，我還站在原地，等一個理由。在盲目校稿和默默接起電話的空檔，在低頭吃便當和跑步漸漸怠惰的生活循環，我忽然想起就到主唱斑斑還更新著的網頁瀏覽。是的。斑斑有了新戀情，噢不是，是組了新團。斑斑有了新專輯，《NO FI, NO FICTION》。可以郵購，也可以去她爸開的古董店買。我更喜歡後者。不過生活一直沾黏我。遲遲沒有動作。

這一天跟小波約了晚餐。吃飽了，離散場還有點早，我想起懸了一季的心願，也該在歲末了結。撥電話確定古董店沒公休，專輯還有，我們立刻驅車前往。鬧市暗巷，優雅的店家，敞亮等候著。一走進店裡，許多高低擺放的逸品，眼睛還來不及辨認，耳朵已溶進正播放的歌，氣味般使空間更甜的，不正是《我不懂搖滾樂》嗎。熱情的斑爸，除了笑嘻嘻遞來期盼已久的專輯——封面上，斑斑擁住一隻貓。還交代了她的近況，甚至，領我們到他的桌上型蘋果電腦前，魔術般一點擊，秀出了斑斑的臉書網頁。「你們可以加她做朋友喔。」濃厚人情味，我們止不住呵呵傻笑，竟使淫漫的冬雨暫停，換場，成為難得的喜劇之夜。

2013

醒在聲音裡。好像又回到中學住宿時光，聽到晨間樹林傳出鷓鴣聲，無爭無求的幾句啼叫。睜眼，警覺空間過度闊大，光線中隱約透著綠，才意識到自己在峇里島，懶懶翻一個身，耳邊彷彿還殘有前一夜小嶼寄來的陳綺貞，在筆電裡唱過的痕跡。

臨時決定飛到南半球。出發前預購了《時間的歌》，發行日卻延期了。原以為五個小時的飛行，可以邊聽著新歌，高空的大首播，或在單人villa，大聲跟著唱，「我是我猜我會慢慢瘋掉最好不要」……沒有。什麼都沒有。整趟飛行我默默讀完一本小說，看完一部電影，下飛機時，抬頭望向密雲覆滿的天空，一滴雨水巨大地落入我的眼瞳。我閉上眼，讓液體流出來。這一夜，和新認識的朋友一起吃ＢＢＱ，看稻鄉少年組成的甘美蘭樂隊，用簡單樂器敲打，伴著舞蹈，直到夜濃了，各自解散，才收到小嶼臉書訊息：「房間遼闊得很寂寞吧？」

小嶼不聽陳綺貞很久了。因為某些不好說明的負氣。可這一次不同，〈雨水一盒〉

曝光後，他主動對我坦白：「我已經這首歌中毒了。整個晚上聽了二十三遍。那個旋律像是站在懸崖的呼喚……她的聲音真的很適合這樣循序漸進的瘋狂。」我還沒弄懂這突然的著迷所為何來，典型的小嶼式懺悔已湧至：「我錯了。我要跟她下跪。我要去預購陳老師了。」

於是，隔著看不見的赤道，小嶼先報告了故鄉事：「台北都是有毒的霧，中了霾伏，你別回來了。」接著，為了適當地傷害我，他說：「我泡了一杯茶，然後好整以暇地聽《時間的歌》。」太可惡了，這簡直比有一次我說「我長大了」，他淡淡回「你長大也不過是中一升上中二」，還要傷人。被那說法貓到的同時，又忍不住覺得，好好笑哦。

好像不須細想，小嶼就能隨口說出「像圓周率般永遠除不盡的心碎」，「故事總是會像一隻狗自己來找你」。他的說話，跟陳綺貞的歌，都令我著迷。兩個人還同一天生日呢。為了表示堅強，我假裝漠視那段留言，在偌大的房間兜轉了一下，決定在夏天夜晚將自己泡進石頭浴缸。再回到電腦前，發現《時間的歌》音檔已經泊在我的電子郵箱了。這是小嶼式體貼。

昏暗的房間裡我將整張專輯聽了一次。讓新的樂句像陌生地的空氣進入我的身體。有些熟悉的句法毫無困難浸染了我，有些新的耽擱，讓我想起另一位擅譬喻的朋友說過的一句，「用心做出像是割痕的東西」——我從聲音裡醒來，腦中複印聽過的，走出villa，世界如新：一叢雞蛋花無辜探頭，兩隻狗在野路上交配，牆內打掃的老婦人對我問好，群居的佛像默默不語。我將走得更遠，路過一個有笑聲的小學校，在未營業的書店外徘徊，去市集裡偷窺陌生人生活。最後趕在離開前，寄出那張給小嶼的卡片。

一如來時，雨水一盒，從天空中被誰慷慨傾倒。

8

牯嶺街・少年・我

牯嶺街與我的連結來得那樣古怪——十五歲夏天，高中聯考前溫書假期，我跟同學借了一輛單車，到就讀了三年卻仍然陌生的南部小鎮四處漫遊。青春期麻煩攀滿身體，我騎過與台灣西半部所有鄉鎮面目相似的街道，去稍遠處的田壠和灌溉水渠旁久坐，讓太陽曬我，腦中卻逕自想著那部電影：《牯嶺街少年殺人事件》。想著電影裡與我成長背景完全無關、卻又緊緊扣住我的那些眷村少年們的成長苦悶、暴力解決、無聊小事、無出口的愛。

幾乎是我所能記憶的第一條台北街道名字：牯嶺街，不以現在式，卻從1961年快遞到1991年，將牛皮紙色的年代，覆上一張保鮮膜，封存在我眼底。沒想要懷疑過現實所能經歷的滄海桑田，我死心眼地相信有那樣一條街，就在台北，被留下。

於是，當我到台北讀大學，鎮日騎著機車跑逛盆地各處，腦中雖總沒有忘記牯嶺街，卻不敢輕易靠近。那條街，像在心中寫了許久、摺疊好、已箋封的信，不知該向誰正確地寄出。偶爾有機會路過鄰近區域的時候，也只敢矯情地站在路口眺一眺——我知道時代不一樣了，但難道我不能保有一條心中的街巷，不允許它在現實的改變中成為陌生？畢竟台灣是個嫻熟於遺忘的社會，總可以輕易刪除街景、更換招牌。

想起《牯嶺街少年殺人事件》片段，我總是想哭。那時不懂得一部電影已經具體而微地收納太多已逝、不復返的，也許淺碟如我，只單純因為青春暴力而震懾。高中聯考放榜那天夜裡，我蜷臥床上，一次又一次聽著王柏森唱〈Are You Lonesome Tonight〉，腦中播放著昏黃的六〇年代，隱約有一種茫然，竟致失眠。巧合的是，高中時同班的一個女孩，長相酷似電影裡的小明，我總迷濛地望著她，上課偷傳紙條，想像電影和人生可疊合的程度究竟有多少？包括我在大街上偷下來的電影海報？包括我在購買不到影像的年代，買了原著劇本、改編小說、筆記書做為解饞？

那是一種非常難以解釋的內在呼應，在網路未發達的年代，我甚至到圖書館去借當年的舊報紙，拚命想要找出情殺事件的真實版本。我想知道，那殺人的小四，是否也曾那樣傻氣說著：「你所有的事我都知道，可是我不在乎啊……」然後，小明會理直氣壯地回答：「要改變我？我就跟這個世界一樣，這個世界是不會變的……」

然後，他殺了她。

在民國50年6月15日，晚上11點。

牯嶺街上有著幾攤販書的綠篷子，一棵大樹，人們路過死亡，三兩來去。

糾纏著我的影像並未淡去。一次偶然在香港的HMV，赫然發現少年張震的臉被顏色劈為兩半，是我覓找多時的VCD！沒想過可以再遇到這部電影，我獨自在深夜複習，彷彿也在為我的九〇年代倒帶。許多美好的電影、創作、論述，在視線裡百花齊放，雖然眾人皆稱之為世紀末，迸生而出的精采作品，卻證實著人們生活的力度，我亦感覺無可能再有如此豐沛能量，讓我搭乘一個浪頭，上升，看見遠方。我獨自播放著VCD，電影裡每一個鏡頭，構圖，被說出的語句，都充滿龐大的安靜，襲向了我。

望著音量低的影像，我猜想也許我嚮往的是一個拘謹的年代？高中制服、不定時來訪的颱風、美援所附加的文化澆灌、幫派互鬥的惡戲、成長的曖昧啟蒙、父母親在島嶼上的「暫留」心情……這些都與我的成長背景相去甚多，因之成為我微妙的「投射」與「寄託」？

再一次前往牯嶺街的時候，我已嘗過軍隊管教、經歷有雜質的愛、懂得物欲、也參與了這塊島嶼邁向新世紀所變身的幾種瘋狂。朋友的劇作在「牯嶺街小劇場」演出；前身為中正二分局的百年建築物，坐落在牯嶺街五巷二號，想必那椿發生在七巷底的少年情殺案件，它也曾靜靜地目睹。更說不定，當少年被捕，便是送進這個分局裡，讓這個世界忽然知曉，國家機器的暴力，是怎樣滲透入每一個家庭，而微妙的人際鎖鏈，在暴力的侵略中，又如何逼使一個睡在衣櫥裡的少年，曾信仰的事物都片片剝落……

進劇場看戲前，我在牯嶺街附近一逛。

昔日名震一時的舊書街風華已褪，如今看來平凡無異的小街，已嗅聞不出日人殖民光景；賣書變現、或如電影裡所再製的日常溫暖燈光亦不復見，只有黝暗幽幽降臨，平等地覆蓋在那些參差的西式樓房上，三兩間店家，疲憊的樹，稀少的行人。朋友的實驗性劇作很精采，多媒體搭配著戲與詩，舞台上半裸的男孩有新的問題等待解決，不只是升學考試，不只是家庭生計，不只是異性困惑，不只是道德的維持障礙……畢竟睡在衣櫥裡的少年已經變成哈利波特，我凝視眼前的一切，思緒忽又飄遠，知道時間已前往下一個河道。

根據報載，真實世界裡的殺人少年被判有期徒刑十五年，上訴高院後減為七年，但檢察官不服上訴，由最高法院發回更審，改判為十年。時至今日，他應已出獄，與我一同目睹台灣怪現狀，做何感想？他還會重回牯嶺街嗎？

前些日子，我因事前往建中，初夏暑熱蒸著盆地，大雨來臨之前，我繞轉和平西路，由於對該區地理的陌生，眼眶裡猛地撞進「牯嶺街」三個字——我還來不及反應，車行速度快，就像駛離距今已遠的少年時代般，不消一秒鐘，我就滑過了它。

獻以我聊賴的所有

那一年，搬離花蓮，像歷經典型的殘念分手，心中還存著強烈的愛意，因為現實因素必須結束彼此關係，在獲得疼痛之前，先盲手盲腳解決了生存障礙：在另一個異鄉建立我至今仍不確定是否必須的新界。只是在雨夜，在晴朗午後，在獨自一人的街角，在某一香氣的飄浮中，我忽然想起花蓮。

比方在颱風實況轉播中，總要癡癡地等到畫面出現記者穿著黃色雨衣，佯裝要被風吹走了那樣，站在我曾經上千次無所事事經過的，熟悉的十字路口。隔著冰冷螢幕，我喝了一口涼掉的茶，試著自我安慰：所有分手的戀人都只能這樣得知對方的最新消息。

或者更不堪一些，隨意翻閱雜誌，看著新一期的民宿報導，裡頭所提的店家、人物，我無一曾聽聞，只好認命地把那一頁撕下來，存檔——好，這是你的新戀情，我記著了，總有一天要拜訪。

再不然，也可以像是什麼偶然與命定一般，只是打發時間地在網頁間流連，卻一頁頁點開網誌間許多花蓮的照片。多半是兩天一夜的觀光之旅，必去景點七星潭太魯閣，嘻笑的臉上溢出了令人無法招架的青春，背景是湛藍的海，藍得那樣傻氣，嵌入了別人的記憶仍渾然不覺、不吝惜，掏心掏肺的藍，看得我多心急。

還可以繼續列舉電影裡的畫面，記錄片裡的場景……

當我以為自己終於可以投靠新的感情，前一段戀愛裡的所有味覺、感官卻都甦醒了。首先反映出來的症狀是嘴饞：沒來由地想念一間路邊的蔥油餅，橋邊的老婆婆烏龍麵，爽快的老闆娘乾麵，那些以各種不同的方式，曾經慰藉我的身體的，如同生出了根，在體內歇過幾個季節，如今蠢蠢欲動。騷動的預感，就像微弱的火在體內燃燒著，雖然未曾燎原，卻讓身體像一張遇熱變薄的紙，內裡的字都似被讀見。

因此，當此刻，用一種非常奢侈的預想，在思考著，如果我可以搬回花蓮——如果世界上真有那樣一間永遠不會溶逝的房間，而也有一個適當的、準確的我，可以輕爽俐落地移動，我希望以最輕省的方式出發。

也許，只帶著最必要的幾本書與音樂，拋棄慣用的生活價值，語言，關係，盡可能還原到起點。我必須先說服自己，那絕非舊情復燃，不是死去的再續，也不是修補斷橋；我預想曾經存在的、住過、愛過的房間，除了地理位置的雷同，時間已經批准了不同的許可，我不會見到同一個人。那甚至也有一點點，像電影《*Eternal Sunshine of the Spotless Mind*》裡面，那樣自以為可以抹去一起寫下的故事，不帶任何記憶地再度出發，卻終究要相遇。

但是我願意。

我願意不環保地傾倒過剩的感情，以換取一個身分，一次居留：在晚餐後的雨夜，看濕漉漉的街道泛起信號燈的反光；在陽光豔好的午後，去到最藍的海，來回巡繞海浪的高度；在起風的下午，攜著手提電腦到熟悉的咖啡館，喝一天中的第一杯咖啡。我願意在彼處進行日常，工作，倦怠，憤怒，低落，傷感，如同我曾讀過的所有負面情緒；或者興奮，高昂，喜悅，恬適，想像中的正面可能。

我願意去愛一個已遺忘我的，獻以我聊賴的所有。

其實沒那麼難。短短車程就可抵達。甚至我可以夜晚時分潛進任何一班東行的列車，回到花蓮。然而箭頭一再受阻，它沿途必須穿越的，並非幾個山洞和黑暗中的海岸線，也許真正的難題在於現實與冀望之間的落差，在於被想像的花蓮和實際的花蓮的落差，在於曾經擁有的花蓮，和未來歸返之間的落差……我是用著怎樣透明的漆，在低頭、蹲身，屏息凝神想要畫除落差的罅縫，那微妙的縱谷，卻早在我選擇離開，又自我詮釋為殘念分手之際，就已形成。

世界上真有那樣永遠不會溶逝的空間？

夜裡當我躺在床上，想像曾經躺在花蓮的夜晚，知道無有可能縫補那龐大的隙，側過身子仍然無法入睡。薄薄的窗紗外，山脈彷彿透出一些光，它可是連接往花蓮的山？我閉眼，耳畔彷彿有一些細微聲響，在夜裡，在無眠的天空，像花朵，在暗夜中依依綻放。

樹的圍欄

偶爾與朋友興高采烈展開意外約訪，我們挑選不定該前往何處，終於開車繞過大半個城市，來到南緣，貼著河堤看發亮的屋子在河岸站立著，車子彎進指南路，從狹窄的小道使力向上攀升，簇簇的黑在樹林間後退，最後來到貓空。隨意挑間看來不礙眼的茶屋，生手生腳點了茶跟茶點，找了屬意的位置坐下。山的缺口展開。台北盆地像一幅畫，嵌在話語之中。睽違已久的老朋友，話題一開，碎語流年，像一條細細的線在穿針。沖著不知第幾杯茶的時候，我想像這一片茶樹林以外的時間像是被我們推遠了。樹的圍欄，安全護住了幾盞茶，茶邊談心的人，還有不著邊際的語言。

偶爾，當我仍在外地生活時，上台北來，借住在一位好友家裡。朋友的家大隱於市，位於木柵臍眼處，兩旁是銀行、農會、KTV、便利商店。總是，我提著大小行囊，抵達火車站後，狼狽轉搭計程車，車廂內一路探看台北的變化，車子駛離中山南路，經過中正紀念堂，羅斯福路，拐進興隆路，彎進木柵路，我也一路回想前世今生般，把大大小小的街景都招呼了一遍。然後，是友人親切的笑臉迎接，我們在客廳邊吃水果邊聊，高樓有風的聲音一遍遍吟著。我進廚房倒水，總可以看見燈火鑲在盆地邊緣，白天則能見到綠樹的波浪。

再偶爾，與朋友相約在政大晚餐，路肩年輕的學生談笑行走，他們將青春的身影塞滿每個店面，間雜著一些看來像是學者的年邁身影。而附近也確實擠滿了不同的美味店家：滇味廚房、幸福餐廳、貓咖啡……用過餐，下雨了，握著傘沿著河堤走一段路，看溪水平整地往前湍流，好像許多個日子也這樣流去了。河堤上有小小的燈，把傘面照成昏黃色。木柵多雨，堤緣上染著苔綠，在雨中看起來遂顯出一點詩意。

那時，怎想得到自己有朝一日，竟也就遷居此地？

在尋找新的住處時，幾乎繞了台北一大圈。找屋的奇異經驗，就在於活生生闖入別人的生活，聞見了那人的氣味、習慣、記憶。每每我拖著疲憊的身體前往下一個居所，找尋不到任何自己可以在此生活的意願。頹然放棄的前夕，搭捷運來到城市南緣，木柵，隨著接待人員上了高樓。一扇綠意盎然的窗景迎上前來，遠處是高低不一的社區群，捷運像一條低調的線，從構圖的三分之二處斜斜畫開。我望著雪白的牆壁，開始想像可以置放於此處的家具、夜間為自己烹煮一些湯食的可能、一個小陽台可以借助日光烘暖衣裳、回家時將有一片什麼樣的風景迎接我——當下，就決定要與這片樹林一起生活。

在樹的圍欄旁生活。

我將我的大小家當，和數十箱的書，都遷運過來。一點一點建立起在此地生活的繫絆：大眾交通工具路線圖。生活必需品購買處。雖然生活的範圍是那麼狹隘，我還是偷偷伸出了天線觸角，想要去感知屬於這裡的一些什麼。包括一種詭異的落差：透天別墅倚著老舊的屋院，大家也都相安無事過生活。

我逐漸認識了一棵路邊的龍眼樹，它結果前會開極美的花，在街燈的掩照下豐盛得教人心碎。往政大或木柵路上還有許多傳統的住家，它們沒有接受時間湍速，仍維持著自己的步調。傳統市場裡還那樣庶民氣味地販售著歲月。

我雖然只是經過，日復一日，看似盲目往返於工作和住所兩地。但偶爾仍驚奇地觀看一隻蛙從捷運站躍出，神態自若過了馬路。偶爾在潮濕的山腳，看似荒廢的路邊停車，一隻四腳蜥不安地竄出與我相視，牠跟我都有各自的去向。偶爾雨後，我散步回家，紅磚道上蜷著小小的圓，那是出來蹓躂的小蝸牛。偶爾颱風天，聽天空咳嗽，然後雨點群聚，如小鳥一樣啄我的窗。或是在跨年的夜裡，我坐在桌前，看遠山後頭的台北

101，綻出火樹銀花……

一個失眠的夜晚，我站在窗邊，等待天空由暗轉亮。我住在還未夠熟悉的木柵，凝望樹的圍欄上方，逐漸出現澄澈蔚藍的光，漸漸地，像水彩暈滿整片安靜的天空。蟬鳴不知道什麼時候，也開始規律地放送了。那抹藍，和我心裡細數的偶爾，疊在一起，就像有一條祕密的線，悄悄地交織了我們。

鶯歌

去畢爾包，從馬德里搭夜車出發，抵達時天已微亮，拉著行李箱在街上走，呼吸著工業大城的透明生活感，在飯店略微梳洗後，趁著晨光出發，街上也有些與我相仿的遊客，三三兩兩，彷彿都朝向同一個目標——古根漢博物館。沿著河，隨著光線的調節，龐大銀色曲線體躍然眼前時，心中有一種確實的感動。

拜訪鶯歌，也是類似的心情。早就聽聞小鎮的名字，位於台北南陲，交通也堪稱方便，卻始終未曾到訪。

終於，挑得一個晴朗冬日，是拜訪鶯歌的好日子。緩慢的電車開出。三十分鐘不到，就來到鶯歌。出了車站，懶洋洋的路往前迤邐開來。到鶯歌，目標很明確，就為了拜訪陶瓷博物館。說來好笑，雖然從未真正到訪過，博物館的形象卻早已在心中定形。因為一支〈我要的幸福〉MV，在尚未開放的博物館裡拍攝，每當MV畫面歡快地旋轉，鋼琴琴鍵敲出希望，好像真有那麼一絲陽光普照的幸福可以竊得，透過簡潔的清水混凝土，在微涼風中，播放永不止息的青春快拍。

沿街，是慣見的藝品店，販賣陶瓷製品。一切都在午後的光裡顯得緩慢溫馴，不顯眼的路標，忽有忽無，像隨時可能斷掉的尋寶。右側是鐵軌，偶有火車呼嘯而過。然後，穿過一、兩個十字路口，經過幾間西半部鄉間慣有的茶坊、賣店，遠方，陶瓷博物館漂亮的弧形已經展現——彷彿又回到了那一個早晨，將要遇見古根漢博物館般帶著情怯，與一個未曾謀面的戀人初次相見。

一切都好。

我快步走向前去，踏上石階，來到現實場景。一道長橋先將兩側隔開，底下是水，百朵顏色不一的彩雲參差錯落。陽光已經傾斜，但還未打算降落，它以溫柔的光包覆整個建築體，包覆來訪的我們。優閒走在館內，好像其實也沒有要認真去看博物館的資訊，只是好奇呼吸著它的空氣，體會空間所給予的。

二樓展區則系列地將時間帶入，看見舊照片裡的陶瓷，對著播放Michael Galasso的馬桶裝置藝術微笑，或理解陶瓷在未來，將在生活中扮演什麼角色。

夕陽快要掉落的時候，我走在長長的迴廊上，看著一段突出的側翼像登機室，光線慷慨射入了屋子，將每個人的臉都抹亮了，如果真可以從這裡登機，該飛往哪裡？

參觀的途中，我興高采列走進局部燒窯設備，看它特地設置、偽裝成窯廠燒紅的模樣，透過相機的拍攝，格外逼真。突然，就接到一通電話，大學時代的朋友打來，轉述了另一位朋友的病訊：說是感冒了好一陣子，失眠，頭痛，突然雙眼不能視並昏迷，送入醫院才知道是腦膜炎，已經住進加護病房。

我樂觀地以為，我們才剛脫離青春，還未夠準備面對生離死別。我的心中沒有太多憂惶，打算過幾天去探視朋友，我相信病情一定會好轉。

於是，又上到三樓去看新展出的「遊戲．光盒子」，很巧地就是介紹陶博館本身的展覽。除了多點對此地基本資訊的了解，展地背板上，以淺灰色中文字放大，寫出建築的基本概念。熟悉的中文字被放大後，竟似微妙的畫——也像一堵想被吸入的牆。

離開前，坐在Café寫明信片，製成明信片般的門票，可以在館內寫好，館方會代貼郵票寄回。

我在微光中寫著，假裝自己是一個遠方的旅人，為了這美好的博物館而來，假裝我是一個被釀好的句子，寫進明信片之中……天色已墨，信步踅到老街，沿途都是慵懶走逛的人群。孩子們坐在石椅上，警告路人地上有不明髒穢物。風也微微，擦過了我的臉，成為裝飾音，並且彈奏著小鎮，最後，唱成了一首無名歌。

時間是仁慈的彈奏者。

畢竟那時，還不知道，幾天之後，病危的朋友就將永遠離開這世界。

來不及

好像有點遲了，2013年才開始追看2007年開播的英國影集《*Skins*》。幾個布里斯托男孩女孩所遭遇的性焦慮，用藥，以及，非常古典的愛情糾葛與家庭衝突。開始看就停不下來。朋友問我為何著迷？我說，因為是最麻煩的青春期（我最願意重回的人生階段）；因為影集裡那些準確而感傷的歌，好像英倫搖滾樂考前總複習（有一天我竟也開始擔心新識的樂團已成為「上個世紀的蜂蜜」）；漂亮的男孩女孩皆被賦予等量的煩惱（成績，關係，欲望），他們在一個美麗如洗的早晨醒來，發現一切依然爛透了，便冷冷用一句髒話彈開這個「野世界」，套上沒洗過但最不臭的那一件T恤出門。

心裡還在乎著一些什麼。

比如：在震耳欲聾的電音派對與誰擁抱著無聲痛哭；在看得見月亮的山丘遞出那聲練習太久，顯得有點顫抖的「嗨」；在偷窺的窗口眺看青空下獨舞的男孩，忘情按下快門；在野營的海邊忍不住交換祕密，或者更多……我該如何告訴朋友，怎麼會，在每一個角色身上都遇見一部分自己：青春耽溺盲目，一顆心躁動像將噴發的火山。每一回片頭將他們的臉與裸身與呼出的大麻煙、晴日浮雲，一併剪接，畫面上有大量原色潑墨，配樂輕快明亮，我卻總感到一絲著急——那抓不住的一切啊。

當一輛修改故事的公車迎頭撞上，一句藏在舌尖的承諾苦澀嚥下，一場家庭的裂變暗夜裡安靜啟動，我一面著魔不肯睡，一集一集續著看，一面又假裝清醒，質疑起編劇的壞心腸：為什麼偏偏就是來不及呢？戲謔一點的：男孩T來不及告訴男孩S，幫他籌策的告別處男晚會取消了喔，男孩S已用自己的蛋蛋向瘋狂藥頭擔保，換得價值三百鎊的大麻；慘情一點的，男孩S來不及讓女孩C知道，我真的超愛你的喔，彼此之間那個該死的誤會愈勒愈緊，此後每一天，他們只能活得像一隻蛞蝓被撒上了鹽巴。

若真能重回青春期，朋友問，你要做什麼？

我要享受所有限制，重溫一切敏感，還要收起繪滿傷痕的翅膀，俯身對曾經的愁雲少年說：有一回去西班牙，我錯過一班自馬德里出發的快車，錯過旅途中最富設計感的旅店，當然，也錯過了一場好覺。滿心悔恨，惱怒，自責。然而當我形容狼狽終於抵達畢爾包，拉著行李，猛一抬頭，看見破曉的天空，好美。

星星的催眠

入夜前，我與朋友抵達塘岐村落，號稱北竿島「西門町」的一處禮堂，為一群正在服役的士官兵演講。我握著麥克風，聽自己的話語變成老舊禮堂裡巨大的回聲，其時我剛結束軍旅生涯未久，從未想過當兵時總是在台下聽講的我，居然換了角色，面對著跟我一樣年輕的、受困的、昂揚的、百無聊賴的臉們，說話，分享我微薄的人生經驗——他們是抱著什麼心情來聽這場演講呢？無法解決的播音設備問題，回音持續嗡嗡干擾……最後，我不斷被自己的聲音給吞噬，話語一擲出，馬上在空氣中模糊，那是一場十分失敗的演講……我的心裡有著無法言說的愧疚。

散場後走在塘岐街道，詭異得像與時光舊址接軌，那些斑駁無言的店家、黝暗潮濕的公共浴室、奇特滿盛的豪爽海鮮、熱情盛意的接待人員……高低起伏的北竿島像一張皺摺的地圖，被煩躁的我慌亂塞進心裡。

夜了，回到芹壁民宿，花崗岩石屋就傍著海。民宿老闆娘告別了我們，就真的離開了。住處門口有一條彎曲的小路通向兩側，一邊往接待處，一邊通往其他住家——白天曾看見不語的老嫗依著日光晾起雪白被單。然而此刻，只有黑，沒想到是這樣全然的黑。抬頭，看見星星又高又遠地掛著。

梳洗之後，疲憊的身體開始釋放更多的倦意，我在軟榻上躺臥著，想起那些來聽演講的阿兵哥們，應該也睡在同一座島上吧。我想像，整個島嶼就像一個誰也逃不了的部隊，各自帶著心事在潮聲中，在此起彼落的標語口號中，在沒有任何其他遊客的芹壁，準備入眠。

當我回到生活常軌，那一夜北竿島的星光倒像是一本借來的小說，還給了地球圖書館。其後，朋友去馬祖當兵。馬祖，便成為一行住址。每回我與朋友見面，聽他講起部隊生活，腦中那張皺摺無序的地圖忽而又攤開了，我像趴在圖面上試圖挖掘幾個熟悉的地名，卻發現自己從來擁有的也只是幾個地名——我既不是生活者，又缺乏與它真實相處的經驗，只像一塊沾過水面的異物，不擁有馬祖也不被馬祖所擁有。朋友說起部隊克難的生活瑣碎，卻不以為意。他說，在那裡無法隨興聽音樂，但腦中總有滿滿的古典樂旋律，可以反覆播放。

看著他笑起來的臉龐，我的耳朵突然又被潮聲給充滿，彷彿跌回那個空寂的夜。在石屋裡，因為巨大的風聲無法安睡，於是悄悄推開木質的窗，窺視並不遠的彼岸，窗口剛好站著一株奇妙的小花，框起來就像一幅畫。把窗完全推開的時候，海水的味道湧入房間，我們便如同幾顆漂浮在海裡的冰塊。窗外，是純度很高的黑，沒想到是這樣全然的黑。我飽滿地呼吸了一口海風，值夜班的星星溫柔催趕我：很晚了，該睡了。

深夜煮湯

天氣漸涼，搬出塵封多時的燜燒鍋，感覺是可以為自己煮一鍋熱湯的季節了。通常下班時已值深夜，所幸城裡有全天開放的超級市場，蔬果食材一應俱全。偶爾偷得空檔，便趁週末，到貨色更為齊全的幾間超市去，看那些來自北國的茄子青菜水果，以一種容光飽滿的模樣在開架上站立，總覺得那便是一鍋好湯的重要線索。然而我其實並無廚藝可言，最近終於擁有廚房和瓦斯爐台，料理範圍也只限於便利餃類和各式湯麵。唯一會煮的湯，不過就是買來已斬好、清洗乾淨的雞肉，加上蔘片與枸杞，放六分滿的水，等它自然在火的催討中變成雞湯。煮了幾次，忽然不耐於湯的可能性如此之小，那豈不是，對其他好湯的無辜判決？

剛巧就聽見朋友聊起煮湯，我立即好學地記住食材種類，比例，燉煮時間。深夜，下了公車，寂靜無人的街旁就是明亮商家，冷氣充足地呵護著那些肉品與菜蔬，我拎著籃子，駐足挑選，思考。其實不是那麼確定哪些才是好的，生活的低能不設防地暴露出來，但總之是在預備著一鍋熱湯。結帳後，提著戰利品，聽著音樂，在三首歌的距離裡穿越冷風，抵返家門。事不宜遲，馬上將那些煮湯的材料放上流理台，將肉類再仔細清洗過。該切的洋蔥，該削的蘋果，該泡的香菇……它們像著裝的兵，一一就位，等待一次口令的集合，便能前往戰場。

湯，是深夜的戰場。

我邊切煮著，邊讓電視機裡重播的新聞報導兀自進行不知第幾次的激動與爭辯，材料都備妥了，水滾開後將它們一一放進去，像是一鍋小小的溫泉，蔬果們漂浮起來，看起來很安詳。然後我便將這一鍋熱騰騰的湯放進燜燒鍋，開始我的其他夜半作業。待得一、兩個小時，隱隱感受空氣中不經意竄出的一點微妙甜味，雖然有些心癢，卻謹守分際，不疾不徐，讓那湯自願成為一鍋湯。

直到，可以打開蓋子，熱氣迎面撲來，伴隨幾種芳香，忙不迭要舀一勺湯，在寒涼夜裡，讓美好的滋味暖和疲憊的胃。雖然只是再簡單不過的料理，過程裡多了一些期盼，一些忍耐，一些相信。

當好湯撫平了心的褶皺，那自然是深夜煮湯最美好的一刻，無須多言，這一切的一切，身體都知道。

□

書寫一事，何嘗不是如此？

當工作愈來愈繁忙，生活的耗損愈來愈多，遠超過生命被他者綴補的，從指間流洩出來的字語，也愈來愈少了。乾涸的身體空轉著，和這個充滿喧囂的國家一樣。每日每日，有許多資訊穿越耳畔，許多文字進入眼睛，靈魂的渴意卻沒有獲得解決。貧窮的想像力，蒼白的生活行程，無趣的即興聯想。短暫的、可以思考的片刻，是當我搭乘計程車或大眾交通工具，像一個影子般躲匿在城市一隅，觀察身邊那些忽然移動的人潮，談笑的高分貝，電台裡的名嘴，軌道旁遠去的建築群，總是見不到面的鄰居……乏善可陳的生活內容，還努力想抓住一些故事的線索，但現實是一張更綿密無懈的網，它使我在振臂彈出的剎那，又乏力地掉回地球。

回到凹凸的球面。

回到桌上積累的文件夾，傳真，密密麻麻的版面，待回的稿件，未完成的版單，一閃而過的留言，瑣碎的資料比對，回到那些像針尖一般穿進我體內，又似乎未見任何補給品輸入的工作進行式。

雖然有時也能在被時間夾扁的空檔裡，抓住一些發光的剎那，幾行句子，一個念頭，它們像是誰慷慨施給的救贖，精確地開啟心室以外的密室，讓我瑜伽般肢骨軟化變身、躲藏。句子組成形而上的雲朵，騰高，載我飄遠。但多數的時間無此可能。在大腦的運算裡，那些隨機出現的詩句，只是身外之物，強求不來。

倘若真需要一些什麼較為實質的倚靠，約莫是必須要找出一個方向：一整天我將朦朧的想像束之高閣，期盼著下班後的空檔，從思緒的廚櫃裡找出食材，將原本模糊的湯的主題，透過幾項可搭配的內容物，使之具體，調味。它們需要結構，節奏，哪怕一開始，只是一個擦槍走火的滑音，當旋律企圖發聲，作品本身排列組合，那就像我邊忍受一種不得不的世界對我的試探，那些旋生旋滅的新聞事件，但耳際的微音，還留下細小的敲問，等著我蒐羅，清洗不潔渣滓，為自己煮一鍋什雜的湯。

□

如此說來，這一切，是無關乎他人的。雖然也有人強調溝通的必要或可能，但我不開食堂，這一鍋湯，為自己而煮。

就像那忍不住不寫的衝動，是體內的生理反應，為了解決內在的需求而動手。當湯完成後，自己是自己的對話者，也是第一口湯汁的品嘗者，鹹淡，冷暖，自知。很長一段時間，確實我也努力與自我對話，那些銘刻著不願意忘懷的，緊拉住手不捨得放開的，一再複誦深怕哪一天連自己也遺忘的，是這些瑣碎的價值在逼著我開口嗎？是它們在操控我的手，該加多少佐料、放多少糖？

每日我前往工作地點時，我同時也在逃逸途中，希望可以在身分之外，泅游到一個更廣袤無涯際的世界，像車子駛在山路，彎轉，突然一個爬坡，視野大開，見識到每一個礙阻之後都可能有難以想像的寬闊。雖然我只是哀兵一般，努力用音樂或者什麼，將自己與世界隔出一道防火巷，攤開手上的任何的書頁，企圖獲得一點自由。

我當然必須想起文．溫德斯在《里斯本故事》，那靈光乍現的一瞥，里斯本老屋牆上以葡萄牙語寫著疑似來自佩索亞的句子：「倘若在同一時間，不同地方，做所有人。」確實電影裡那魔幻的本質浩瀚地鋪展開來了，此時此地的身分消失，追尋者要追尋的是一個在「不同地方，做所有人」之人。那是什麼？

多年之後，細節、人物我皆已悉數忘盡，唯有那漆在牆上、歪歪斜斜的一句話，附身似地無法抹去。往後想起，每當現實捆綁不能脫逃，我便不自禁地想起電影裡不存在的主角——他發了信件請朋友來協助他電影拍攝，但已人去樓空，多麼幸運，在場，卻不用出席。而唯有什麼，可以如此？有什麼祕術，能夠同一時間，在不同地方，做所有人？

我想，是創作。不管是一首詩，或一鍋湯。

□

說起來，並非現實生活如此難耐，而是我希望自己在混亂生活秩序中，可以提高愚騃內心的視野——一直就很羨慕那種能輕鬆撥開所有亂碼，看出表象與意志的可能性之人。但我的駑鈍使腦中充滿鉛塊，它們沉沉地，彷彿不打算駛向任何地方。每每，一日工作完畢如同迎面撲來的風塵，沾了滿身，體內充滿無言以對的混亂，唯有意氣消沉、按蓋指紋、搭乘電梯下樓，那稍稍釋放了什麼的瞬間，我才可以如同準備一鍋好湯那樣，為自己在生活裡騰出一方爐火，烹煮一點靈魂的糧食。

肉身為薪，該煮些什麼好呢？

空蕩蕩的街上，不寐的燈火是城市的基礎色澤，睡去的大樓都發出了鼾聲，燈火仍然醒著街道。深夜煮湯，我又詢來幾種新的食材搭配，今夜或許可以再試換口味，讓靈魂的湯底，增加一些相信，一些忍耐，一些期盼。

就算不能同一時間，在不同地方，做所有人。

至少，是一個有湯好喝的夜歸人。

城中一日——我偷來的翡冷翠

列車從威尼斯出發，途經波隆納，春天晴朗早晨，大片的綠從窗外飛逝。幾天在威尼斯水路的生活並未馴化我，那些海上襲來的霧氣，轉角處的迷巷，都隨著列車的駛離，遠了。我手上的書頁被困在相似的幾頁，讀來讀去都是同一個字。列車停止空檔，我抬頭凝視窗外站名，思考為什麼不在此處停靠，而選擇他處……這些無用的思緒，像是預期之外的旅伴，隨著我，來到翡冷翠。

陌生的義大利語，那樣直截地宣告：FI-REN-ZE。音節與音節之間，爽快斷裂著，教人忍不住要學著念一遍。來到翡冷翠，我打算哪裡都不去。不去烏菲茲美術館，不去看大衛像，不去百花聖母院……（可能嗎？）我想知道，翡冷翠的人是怎樣生活的？為什麼要千里迢迢來這裡看人家的生活？是不是自己的生活太無趣，所以想像會有一個比較好的生活在遠方？

那麼，先去中央市場。皮件街附近一間素面、未完工的羅倫佐教堂，就那樣保留下來。不管到什麼地方，我總是著迷市場的各種層面：在裡頭工作的人，店家與店家之間的關係，還有去那裡消費的民眾。

翡冷翠中央市場擁有托斯卡尼地區良好的農產品、酒品、肉品。整潔乾淨的鋪子、光亮的照明、細膩的擺設。與一般市場所沾染的血腥或屠宰氣味不同，這裡的空氣竟發散著一絲肥皂的香味。貪覽架上商品的我，一走進，雙眼忙著辨認：櫛瓜、朝鮮薊、西洋梨、蕈菇……忽然遇到的一攤是各種各樣的花，再往下走，有火腿專賣店、肉類批發，然後便是尋找中的店家：NERBONE。它位於市場邊陲，沿著走道兩側，一側立著點餐、製作餐點的店鋪，另一側則以大理石桌子和綠色鐵椅搭出一方空間，讓點過餐的客人，可以在此處享用美味。

我選了牛肚三明治。站在櫃台前，觀望師傅像對待藝術品般仔細凝神，薄切著肉片，猶冒著熱氣的肉片，快速夾進剛出爐的圓形小麵包裡，復淋上層層疊疊的橄欖油和香料，辛辣程度由客人自行決定，然後用透明塑料紙包裹好，就完成了。在旁側負責收錢、點餐的，是一個很年輕的男孩，蓄著短而柔貼的黑髮，唇邊鑲有一個閃亮的小珠飾，著深藍色運動帽T，不多話，但很專注地為客人倒house wine，將那美麗的淡紫色注入塑膠杯內。

端著自己的午食，歉然與幾個看似當地人的中年男子共桌，他們露出友善的微笑，以流利的英語簡短打招呼。一邊咀嚼美好的料理，一邊環顧他人輕鬆交談，點幾個麵包、漬朝鮮薊搭配燉飯或燉牛肉，啜飲與我相同的酒。酒意澀甜、芳香，葡萄汁液釀著托斯卡尼的陽光。

城中漫遊，似乎避不開百花聖母院——一種類似圓心的存在，每每在抬眼辨認路標時佇立眼前。那麼，也讓我繞過但丁受洗的禮拜堂，避開但丁之家，畢竟我更受旁邊一間暗巷裡的超市吸引。讓我避開文藝復興，避開中世紀，閒走街頭，看幾百年歷史的建築物，慷慨在臨近人行道的邊角，以巨大的礎座隆出一方石體，剛好容得下一名流浪的少年，背著他的手風琴，在達文西展覽的櫥窗前，拉奏一曲陌生的歌。我將零星的歐元擲入他腳下的小紙盒，他臉上綻出好害羞的微笑。微鬈的髮，驚惶的眼神，像一隻小狗。

街上，是各種不同的店家，年輕製紙師延續傳統造紙法做成筆記本、鉛筆，或是前衛的燈飾像顆紅心般被懸掛起來。黃昏前，來到老橋。細數六座橋身橫跨雅諾河。河水並不湍急，男孩女孩們躺在橋墩伸出的三角形尖石上曬太陽。我在橋上，看風起雲湧，一陣微妙細雨後，天空又忽然放晴。遠方屋宇所遮掩的太陽已經斜了，橙黃色的光束越過了雲層，為橋頭佇立的女神雕像搽上一層薄粉。河面光輝燦爛，足以想起正在流逝的時間、抓攫不住的他人與我、陷溺於關係的軟弱……美好的夕日一遍遍在河面上漆著。

新世紀迴廊附近很醜的小豬噴泉，我也去摸了牠的鼻子，轉個彎就是小豬餐館。光頭老闆把一方小店布置得那樣溫馨美好。名不虛傳的翡冷翠大牛排、口感獨特的義大利方餃，和老闆身上爽身粉般的香水味，混合一起。像他牆上懸掛的普普畫作，或是笑嘻嘻的米妮素描……

夜晚的翡冷翠微冷，拱門廣場旁的旋轉木馬亮晶晶旋轉，上頭飾有天使圖案。大型服飾看板上，一個女孩坐在沙灘上彈吉他。

廣場上人潮並不多，一組貌不驚人的中年男子，各自擊著樂器，居然就奏出好聽的爵士樂來了。他們派出一個小男童，兜售著自製的唱片，真好奇那唱片也能複製此刻空氣中一絲微微的涼意嗎？

我沿著筆直的街道走，經過總會經過的百花聖母院（夜裡仍然持續整修著），幾面懸掛彩虹旗的牆面（旗幟下幾個笑嘻嘻的男孩），打烊的街角（再買一罐氣泡礦泉水）、夜晚的長形公車（他們剛從哪裡下班呢），單車上的夜歸人（身影終於隱入黑暗之中），暗夜中已休憩的修道院（還是沒去看傳說中的手工香皂）……

我望著漆黑的天空，忍不住又像音節斷裂般念出：FI-REN-ZE，以確定自己身在此地。我像所有路過之人一樣，路過翡冷翠，所幸我偷竊了一些末節，帶走了一部分生活碎片——今夜，應該可以像個異鄉人，安然入睡。

潮間帶

回程海象不平靜，天空已從清晨霧藍色轉為大亮，又迅即製造了陰霾。小船在水的搖籃，承受忽然濺高的浪沫，而終於靠了岸。比出發時略微退潮的緣故，還得步行過一小段潮間帶——穿著臨時在小店購買的檸檬黃夾腳拖，每一腳，都深深陷入泥底。當要抬腳，在海膽與海星之間，好像被海深深吻住了不肯放，努力對抗那強大吸力，在夾腳拖似將解體之際，險險將腳拔離了海，又一步，再一步，狼狽回到岸上。細沙裹滿腳背與腳心，帶回濱海的小屋。

下雨的日子，穿同一雙夾腳拖，走過濕冷柏油路面，去買午餐。瞥見腳上那一抹不被挽留的檸檬黃，輕快踩離著地面，竟想念起那強大的、來自海的吸著力，像戀人多語彙的擁抱，沉默中訴說著什麼。

跨年

精算失調，年末年始的交接時刻必然得在返家的車上度過了。於是也就安心看窗外那些行走中的人們，齊聚在橋兩側，或站立安全島，車流不沛，但多有醉意：忽然就違規左轉了，忽然就路邊靠停了，要不，綠燈亮了也不走，整個城，陷入一種微妙的恍惚。時間靠近倒數，我疑心平常就媚俗的 iPod 鬼會餵我什麼？腦中閃過幾種可能，但在我的猜測之外，一個轉彎，照後鏡映出那巨大的柱，正燃起閃爍爍的銀花。人們擎起手機，表情變化。男孩女孩，一瞬間停住腳步，定格。Svefn-G-Englar。彷彿看見ＭＶ裡那些白色天使，為了什麼，緩慢而開心地嬉戲著。然而，眼前真正所見，群聚著群聚著的人們，全都癡癡望向同一個方向，好像那裡真的有他們想要的東西一樣。

禮物

獲贈《聯合文學》創刊號。不是改版的新號，是1984年11月1日出版的那本。關於雜誌的英文名，鄭樹森在《結緣兩地》裡提過，原來瘂弦的編後語也提了。當期雜誌的重點，自然非木心專卷莫屬。答客問裡有許多精采回答，朋友已經體貼地畫好重點。紺色筆濃濃提示著：「我發現很多人的失落，是忘卻了違背了自己少年時的立志，自認為練達，自詡為精明，從前多幼稚，總算看透了，想穿了——就此變成自己少年時最憎惡的那種人。」或者，朋友特別打上三角形的，「像對待書一樣地對待人，像對待人一樣地對待書，我是這樣學習的。」都是讀了會治療駝背的句子。當然，同一本雜誌，還有許多名家手筆，不過，不過，不曉得為什麼，平常讀文學雜誌下意識會略過廣告頁的我，今回卻忍不住讀起那些廣告：古典白話小說全集廣告的台詞是：「心跳1500」，因為十三本合購，共費一千五百元。古典吊扇的大標，僅用四個大字：「占盡上風！」是非常直白的威風。但我的首選，應該是臺靜農題字「聯合文學」旁邊那一頁，聲寶洗衣機的廣告。那台洗衣機的名字，叫做：愛情。

嚎叫

午後，天空有光，但時不時就下豪邁的雨。重看買了很久一直沒拆封的《*HOWL*》，在電影院裡一口氣看也許是太濃了，在家裡看，配合雨停的節奏，暫時將電影按停，做點雜事，再繼續看。可能前陣子讀《打字機是聖潔的》，對垮派錯綜複雜的愛恨情仇，還稍存印象，再看《*HOWL*》裡快速跳接的金斯堡人生，就明白了許多鏡頭之外的事。

第一次看的時候沒覺察到的，兩位導演藉由動畫和六藝廊裡艾倫．金斯堡初回朗誦〈HOWL〉的偽紀錄片，實在很深情地希望觀眾感受詩句更多。不曉得是不是空前絕後？因為一本詩集，法院竟需要請來書評家、文學教授當證人，各自闡述對詩的看法，辯論攻防間，是衛道人士對浪蕩子投遞的睥睨；是詩的善感者，對亟欲糾舉色情、指責「汙穢」之人，溫柔且堅定的回覆。

1997年夏天，剛好曾到紐約和舊金山一遊。金斯堡在哥倫比亞大學就讀，因而結識垮派諸君的故事，被改寫、挪拍成《*Kill Your Darlings*》；到西岸後的人生，則在《*HOWL*》可見一二。觀光客模式，在曼哈頓對岸和彼島天際線合影，雙塔還在。其後到了「城市之光」，因出版《*HOWL*》而惹上官司，最後聲名大噪的書店。其時，我渾然不知，就在幾個月前，艾倫·金斯堡告別了這世界。

換人

想要擁有一段這樣的關係：每次碰面，我可以只是靜靜坐著，不必廢言解釋身分，或者其他，便放心將部分身體交出……

比方說理髮。

終於開口問我職業的Kay，在我還未落荒而逃前，她倒先離開了那間髮廊。我流浪到兩個街角之外的另外一間，被隨機安排當時得空的一位，他只簡單確定我想要的髮長，再無贅語。剪刀與他的手，在我眼前近距離飛舞，俐落，安靜，速決。臨走時他遞了張名片給我，McQueen，拍拍我肩膀說，「下次見。」

可能因為那種道別的方式，有點像朋友。下一次，我又乖乖報到，故意不預約，若他剛好有空，就當做緣分。再下一次，下下一次，他居然都有空，仍恰到好處地寡話，臨別沒忘記說「下次見」；一不小心，好多年過去了。

我們成為這樣的關係：偶爾保持沉默，簡單解釋過身分，以及一點其他，他仍飛快旋著剪刀，那些髮屑時間般飛墜。我沒記錯，上一回他仍說了「下次見」，但隔月再打電話預約時，接聽的女聲淡漠表示：「他離職了喔。」

坐在椅子上，背後是陌生理髮師。淡淡的微妙蕪雜，像沾濕褲腳的潮水。

飛熨斗

身上襯衫皺了這麼些年，真不明白那天怎麼就決定走進熟悉賣店，帶走一塊燙衣板：鋼製，銀灰色，直立時如一枚被削薄的繭。那時我甚至還未擁有熨斗啊——如此本末倒置又過了半年。真需要一席筆挺衣衫的場合，還是求助專業整燙。這樣頹廢邋遢，竟也渴望逆轉，開始認真索找一隻適合的熨斗。

但是為什麼呢那些熨斗們五顏六色：藍得扎實，紫得扎眼，粉紅得令我擔憂。網路上漫遊，點開異國物架，一眼就望見了它，身體純白，蓄水區半透明，甚至不附任何廠牌標示，眼看著近期並無機會飛去將它買回，腦筋便動到了旅居他鄉的朋友身上。

一封電郵發出。

呃，一個小時不到，朋友回覆已買妥，國際快捷三日後寄達。我的熨斗，魔幻地從網頁上飛出，停靠在冬日微冷的書堆。

真的不是故意模仿，突然我也擁有一個和渡邊徹一樣「安靜和平而孤獨的星期天」，於是，搬出燙衣板，拆開熨斗包裝，找出所有皺得失去理智的襯衫，中溫使用，一一熨平那些波折。音樂結束，熨好的衣物癱在床上宛若傷兵，忽然就聽見渡邊君輕聲在耳邊說：「星期天我是不上發條的。」

我默默立起發燙的熨斗等待放涼。

薄荷

一時興起買回的薄荷，擱在陽台，有時忘了澆，立刻毫不留情枯萎。神奇的是，只輕輕淋上一杯水，糾縮的葉便又精神地舒展開來。日漸抽高的莖承受不了葉的重量，往地心方向墜，我佯裝綠手指，剪下一截，再一截。找出透明果醬瓶裝水，懸空的栽植，薄荷在瓶裡逐日生出細根，葉子綠得很濃。最美的一株，擺在臨窗桌上，陽光為它布置，伴隨生活裡同時發生的其他：看了一半的書，借來的偶像劇，黑色筆電延長線……卻有一天，薄荷完完全全地死去了。

我檢視可能的線索：因為擁抱而拍糊了的照片，抹茶色桌巾上的抹茶捲，玻璃杯滿溢的啤酒泡沫，黃昏淡而纖細的天空，直到，初夏蟬聲掩飾了各種回答。

果醬

細雨中，抵達友人父親告別式會場。與想像、慣見的方正規矩不同，彼處，沿山壁而建的諸多小隔間，分屬幾條小道，濕濡的天空和潮漬的僻徑連成一氣，我和同行的Y來回找尋，才確定了其中一處。預定的時辰來到，人間儀式安靜進行，其後隨即火化。我們且陪伴前往納骨塔，山路高低往霧中層層遞進，轉彎時可見整片灰藍的海，寫實而美麗地拍岸。終於抵達雲深處，我們佇候外頭，沒多交談。

尋常週間時光，各自從生活常軌踱開，這樣的場合重聚，唯有靜靜看一陣陣山中斜雨，在塔外香爐內蓄滿了水。好多年來，我們都各自往不曾想像過的人生前進了——從前在校園裡認真哀愁過的事，被時間削薄，顯得輕傻。那時又怎會預料得到，某些告別，就是星散。相較於去程，Y絮絮聊起或親或疏的昔時朋友近況；回程，我們擱淺在高速道路上，雨漸悄靜，車廂內只有流行歌的旋律碰撞。臨別，Y遞來兩罐果醬，「非常好吃。」她微笑著說。夜裡我拿烤過的土司沾配，肉桂蘋果微醺香氣泛開，邊吃，邊想像逝者們紛紛往歧路前進了；而果醬瓶內的我們，在另一個多年後，又將被釀成什麼？

After Dark

到得遲了，魔術時刻已過。原本預期牛車犁過淺潮，橙月塗抹蚵架的景色是趕不上了。仍依那婦人指點：越過橋，左轉，直駛到底便是海。空曠的停車場，強風野蠻灌入衣袖，天空收起表情，眼見是灰，相機拍起來卻帶著一抹藍，我想是因為還不夠暗。

堤防內側，除了一輛機車雙載海巡人員虛應故事繞了個圈，幾不可聞的微量喧譁來自乾潮的港濱小屋，似有卸完貨的人們準備返家。通往海的柏油路，左前方是鐵橋拱起，右邊則是黑白相間的燈塔矗立，再有，就是風力發電機組一字排開，尖銳的扇葉像是在對誰打信號。

踏黑，踩上階梯。海與夜晚，物失去輪廓，無法辨認大杓鷸是否展開了牠們的夜間覓食。望著遠處，忽然不確定自己是不是故意的——明知道只要提早些，就可以漫步潮間帶，看那些曾被他人片面捕捉的，在眼前拼回原狀。

卻只趕上黃昏尾聲，駛掠大片工業區，漁港邊延伸出一條長街，局促夾雜著人與神的住屋，眉目與我的故鄉相仿。

彷彿，路過的人都退潮了，留下來的是生活。能不能繼續保持這樣呢？我凝視燈塔有如巨大的蠟燭，沉默，一次次播放著明暗。

一個平凡無奇的星期二夜晚

愛過一個老房子：檸檬黃外牆，原木地板，院子有棵大榕樹。和一些心愛的朋友去過：看展覽，喝咖啡，買書。我以為它會一直在那裡，像一頁可以拿來炫耀的鄉愁。沒想到十多年後經過，變成某候選人競選總部。

一個平凡無奇的星期二夜晚，我扮演遊客，假裝自己並未在此度過青春期，只是從那條街走到垂直相交的這條街。記得上回，老戲院旁曾發現一間換檔中未開張的藝廊，循路找去，好幸運，順利推開厚沉大門，未過度修繕的兩層樓老屋，牆垣缺處嗅得見外頭的綠，白牆從容，掛著一幅又一幅畫家新擬的山海經。

原只是隨意問問，卻意外從導覽者口中證實：上一幢老房子，和眼前的這處，都由同一位女士打造。怪我無知，網路上早有數篇報導清楚記載故事的葉脈，然而這樣的巧遇不也挺好？

帶著淡淡驚喜，我和從前一起散過步的朋友，回頭又踅過那一爿長出椅子與塗鴉的藍牆，挑一間燒烤店當做遲到的晚餐。朋友問起不遠處的運河，我卻答不出近況，畢竟我是假扮的遊客，而每一道送上的串燒都充滿古都特許的甜，恰似這個沾滿蜂蜜的星期二夜晚。

遲到者

也說不清自己為什麼這樣，貪贓著一點時間的小惠。可能是天氣，太好或太壞的天氣。晴空朗朗時，不免就想像可以洗晾衣裳，讓陽光的曬，變成具體保存的香氣。大雨滂沱時，索性不該出門了。那半座山都哭花了，遠方大樓也被雨水阻擋，這樣的日子頂適合聽中提琴，或者把我的所有後搖滾樂團都叫出來，請他們一一現場演奏。

總是看著牆上的鐘，看它的指針漸漸指向應該出門的時間。

然後我便說服自己：該喝杯咖啡消擋睡意，該把混亂的衣櫃收拾乾淨，該找本適合的書在車上閱讀，該……時間越過了那個應該。我慢條斯里地洗臉、刷牙、找襪子，開冰箱，看電視，掃地，播音樂，做所有不該做的事。

然後，果不其然地遲到。

時間並未恩賜我。

時針彎了，我搭乘過遲的午後，抵達了早該到達的。

十年之前

營區裡樟樹的味道淡淡飄散著，又是一個冷涼的早晨。就著冰水盥洗，才猛然清醒過來：腦子裡無論如何不想思考待會三個小時的基本教練，一心只盼望營長不要再趁早餐之前，發表冗長的演說。很遺憾，當晨間保養結束，一百多個人拎著餐盤，忍著飢餓，影印自前一日的訓話仍然沒有句點。

心思只能飄遠——等我退伍啊，一定要每天吃麥當勞早餐！

那年夏天退伍後，沒有太久，被拋進這個廣袤世界、彷彿一枚移動座標的我，就開始了不定期的失眠。真正吃到麥當勞早餐的次數，屈指可數。

倒是偶爾醒在沒有樟樹香味的床邊，望向窗外薄霧天空，想起那座大武山畔的營區，我張著眼等待，彷彿再過幾分鐘，起床號就要響了。

十年之後

每天按時跟蹤的日劇終於播完了。裡面有個嚮往Thanatos的女孩，為了讓她預視死後世界將如何運轉，她的心理醫生安排了她的偽死亡——把時間撥快了一週，假裝那就是她打算尋死的日子，她倏然自所有人的世界中消失。

但其實，她只是隱藏起來，像一個鬼魂，祕密潛伏在戀人身邊，看他如何（因為失去她）頹喪變樣，而又在瀕臨底線的瞬間，像怪物一樣地超越。

這是多麼大的福賜：消失一次。

每天我服用像公式一樣的生活，偶爾以旅行的方式使自己從常軌中逃開。是啊我渴望的不過也是一次消失，從打卡機，從手機，從電視機，從網路連絡人清單，從每一段看似固定但充滿孔洞的關係，消失。

十年之後，我仍將受惑於這樣一種消失的渴望嗎？

回聲

那時成績很差，幾乎就要被整個世界放棄了。每日天未亮摸黑起床，背起已泛黃的書包出門，穿越偶爾的濃霧，心很野，能見度低。教室裡，不同科目的老師嘴裡所發生的字眼，並不理解。有時，甚至也趁下課，背離那些在走廊上抽菸的同學，矮身鑽過圍牆，到鄰近的泡沫紅茶店廝混一整天。

無論到哪裡，書包總藏著一疊稿紙。敏感而草率的身體所接收到的來自他者的長短波，幾乎是不假思索就轉譯為寫。寫信，寫詩，寫破碎虛構的故事，寫扭曲似拒絕溝通的字眼，寫那些感傷的，自己也不明白的，鼠灰色之中想要拭淨的……夜晚，在自己的房間，當未來像巨大的胖子向我擠靠而來，也只有孤注一擲地寫，向不存在的誰傾訴。

而我總是幸運。在那被高速抛轉幾近脫水的十七歲，一篇青澀到已不敢重讀的散文獲了獎，會不會其實只是哪個評審的一念之仁？像從遠方，有人溫柔遞來理解的回聲，使我倖存至今。

燦爛的沫

那年夏天，鳳凰花開得豔似燄火，我們有一群學生，熱烈地閱讀著作家J的作品。帶領編輯校刊的指導老師，為了鼓勵我們，寄上一筆錢，給作家J，說是希望可以購買八本她的書，請她為我們題字，且附上了回郵。

炎炎夏日，書寄來了，事先毫不知情的我們，尖叫、狂喜，在眾人午睡的走廊上又笑又跳。老師神祕地將書一一分贈給我們，並把一封短短的信箋交到我們手上。是作家J的回函。風格強烈、圖畫一般的手寫字體，翩然映入眼中，她竟全數寄還了老師寄去的款項，且瀟灑地說：「就讓我們南北結個緣吧！」

那是我第一次，那樣具體地因為文字，與他人發生關聯，又幸福地獲得如此飽滿的回贈。回到自己的座位上，我迫不及待翻開書扉頁，揣度她將題給我怎樣的一句話？又一次的驚詫，她在那冊書寫古典旅人心情的書頁上，寫給我：「於平凡中見燦爛」。這麼多年來，我始終沾著她的燦爛的沫，追蹤她書寫的一切。感謝有這樣美好的緣起，在我幾經跌宕的困頓或昂揚時光，我總閱讀著Ｊ，並總忍不住偷偷猜想：她知道她在無心之中，曾以這樣的方式，慰問體貼過一個蒼白少年的青春嗎？

番茄宅急便

管理員先生按鈴通知宅急便，我下樓，接過頗有重量的紙箱。回房間拿小刀割開封膠，赫然是猶沁著點點水珠的聖女小番茄，透明塑料袋包覆，上頭還有被沾濕的一張軟紙條，歪歪斜斜的鉛筆字：「我媽媽把我ㄓㄞ的水果ㄐ一ˋ給你，你收到以後，ㄐ一ˋ得冰起來ㄛ！要吃多少再洗多少。」在署名「某某ㄐ一ˋㄥ上」之後，還忍不住補了句：「很好吃ㄛ！」我相信十歲的阿尼瑪，不是故意使用注音文的。她還無法分辨「寄」和「記」的差別；做為語尾助詞的「喔」，也尚未進階到可以隨心情挑選「喲」或「噢」。我的腦中浮現她週末隨爸媽到高雄山間，那裡有一方自建農舍，她的父親為了心愛的農夫生活，買地、墾土、植樹、栽果，還挖了一個桃子形水池，放生許多種魚，打算有一天優閒垂釣。十歲的阿尼瑪不曉得是否見過天空掛著兩個月亮？課室裡，隔兩排的位置，也坐著她的天吾嗎？她曾那樣興致高昂跟我分享期盼下課衝到操場踢球的歡樂，想必並不畏懼陽光熱力跟蹤，將她圓嘟嘟的臉塗黑，可能還自告奮勇大喊，「我也要採番茄啦。」

花了多久時間，才蒐齊這一箱呢？將番茄放進鋁鍋裡用開水沖洗，水花激濺那鮮紅或淡淡橘色，揭掉小小綠色蒂頭，偶用手指搓去番茄身上沾染的泥土，像趕著搶答似的，撈起其中一顆，就放進嘴裡，一股特有的香氣迸發。吃著番茄，一邊重複閱讀那張小紙條，有機的甜，還包括阿尼瑪十歲的笑臉。走向陽台，我將它和剛洗好的襪子一齊晾在風中，陽光來了，鉛筆字閃閃發亮。

櫻紅茶

一直對櫻花有一種情意結。

畢竟若不是算準了時間，要遇見櫻樹怒綻的週間，可真需要一點緣分。幾次到日本，我都沒有趕上，若非太早，就是太晚。一段剛剛好的花事，跟談戀愛一樣，原來是強求不來的。

一次在盛夏遊賞京都，櫻樹滿頭綠，自然是沒有花蹤的了。但走在古老街巷間，卻有店家販賣的「櫻漬」。胭脂色的一小罐，裡面密密淹著花的屍體。對於我這種充滿朝聖癖的觀光客來說，正是解櫻花饞的好物。

櫻漬可以用來沖茶，我想就算拿來搭配料理亦可。嘗來有一點淡鹹味，除此無他。大概就是這份「無他」，因此顯得有些高雅？當年年紀尚輕的我，還品嘗不出箇中巧妙，擱在冰箱，終於也成為年代久遠不可考的化石。

一次偶然在超市裡看見包裝方便的「櫻紅茶」，飄洋過海來到台灣，製成方正茶包，所價不貲。其後，在東京的成城石井超市又遇到，價格親民些，就決定買下來。

回到庸碌生活裡，放在辦公桌前，一盒小小的紅茶。好像是有人幫我釀好春天，也就不捨得拆開。偶爾有同事慨贈甜食三兩，想起這盒茶，最是良伴。拆開來，沖著熱水，漸出茶香之後，就把茶包拎開另置。

老實說，喝來與尋常紅茶相較，只多了點不知所終的淡淡澀味吧——但，又彷彿那股澀味，便是茶的魂。邊忙著，瞥見淡淡白煙從杯中浮升，隱隱約約有事物在勾著我的嗅覺，我定神，停下敲擊鍵盤的手指，聞見了從枝頭墜落的櫻花。

保存期限

不知何時開始，我也成了買東西會先確認保存期限的人。在物品身上，找到那一行標示生與死的數字，暗中推算自己所能獲得的最大值。也有被驚嚇的時候，一次買指甲剪，上頭的保存日期，赫然寫著：永久。那一刻我氣喪落敗，當我的肉身與指甲終於成塵飛灰，指甲剪，還將繼續活著。一天深夜，搬來成堆雜誌，想要從中找出一篇旅遊報導——我私心偏愛的記者，把有關印度錫金的介紹，寫成一封給梁朝偉的信。然而，當我逐一翻頁，沒找到旅遊報導，卻尷尬發現所有曾經火熱的爆料與緋聞都過期了。領導人變成受刑人。小天后未重返舊愛懷抱。誰的接班人早已換班。最新五十富豪幾番升降。真正能保密的，是時間。真正能揭密的，也是時間。眼睛望著舊聞，心裡比對現況，沒有湧起幾許後見之明的得意，反而，一陣煙將我化成坐困沙發的蒲島太郎。給偉仔的錫金指南遍尋不獲，我索性讀起那名記者最新一篇，「張愛玲分手旅行」，他把《異鄉記》和今日杭州風景細細比對，靈活輕快勸慰著張愛玲。確實，就算是張愛玲，有時也看不清愛情身上所寫的保存期限。

所幸，很多時候，一個人就能展開新的旅行。

失蹤者

去百貨公司買潔顏用品，因為週年慶，詭異地獲贈了一枚指南針。是一個漂亮的指南針，適合登山時勾在粗獷的登山袋上，握著那指南針，應該可以找到涼冽泉水，避開灰熊和野鹿，在薄雪的夜晚，也能尋到一截枯枝走回原來的路——以上只是我的想像。

事實是，買完東西之後，我因為出國、工作等等雜務，根本找不到指南針。偶爾走在路上，覺得天地茫茫之時，忽忽想起我曾擁有過一個可以為我指引的器具，就像是錯過了什麼重要的人生啟示般，心裡有嗒然的失落與悔意。

夜裡，我整理一疊舊報紙，順便回收所有不用的購物袋，赫然某一潔顏商品袋中有著微微的鼓脹。我伸手一摸，預感同時發生，拿出來一看，果然是那枚好久不見的指南針。一直以為那天混亂中弄丟了它，原來沒有，它靜靜勾著我的生活，隨我城市中遷徙，是否冥冥中亦曾為我的混亂指點迷津？

所有的失蹤者都有其理由——漸行漸遠的人、走失的傘、迷路的錶……
等待時間願意，或許可以獲贈一枚說明。

晴耕

住在鬧區巷弄間的朋友，決定遷居有山有水的地方。搬離近在咫尺的眾多潮牌與夜店，這一次，他的新鄰居是白水木與鹿角蕨。一幢老房子位於吳濁流故居另側，屋後半壁空闊的山坡奢侈地連接整片原始林。決定去拜訪之前，往返的電郵上，他問：「會想種一棵樹再走嗎？」

啊，這樣好的事，怎麼可以錯過？我想起陽台上那幾盆奄奄植栽：六月雪從不開花，薄荷偶因主人的粗心而萎靡，迷迭香是早就厭世了，至於生命力最韌的一盆矮柏，也不知何故終於放棄了我。城市中沒有一片土地可以真正收留它們，樹與我，同住空中樓閣。

夢想著能親手種一棵樹，已經好久了。

那日多雲時晴，泥土仍帶有前一日雨後的濕鬆。朋友慷慨地準備好幾株種苗，我們彎身將土鋤出一個小洞，取出樹苗，植入，抹平土壤，一棵樹便在那裡開始了它的人生。短短的時間，種了扁柏、紫陽花、幾棵香草，邊界處一棵金桔，而未來將護持著水土生態的，則是還細瘦得幾乎要被一旁雜草隱沒的落羽松。

晴耕雨讀，是朋友準備了十年的夢想。儘管遠遠望去，整片山坡猶是甫以小怪手整過的模樣，在他聲音勾勒中，我彷彿看見，當四季更迭，樹與果與花，會如何轉述土地的私語，成為禮物。

飛去日鞘層

還用MSN時，人們用暱稱穿戴自己。每日上線，我照例巡邏一回，有人意在言外，有人直截了當，有人不知所云——比方我。我的朋友Y，向來不以本名示眾，但他所挑選的用語，絕少是隱喻。我總是有點羨慕，這種單純使用字語的初心。

這一天，他的暱稱是「飛去日鞘層」。

刺眼的陌生辭彙，我猜，來自他慣有的新聞敏感度。但是，飛去日鞘層要做什麼？總不會是野餐吧？於是我敲了他，發出好奇。

「散心。」他淡淡回答。

「心情不好？」總有什麼鬱結，才需要散心？

他卻躲開問號，自顧自說：「昨天看到新聞，好像是航海家一號，再過五年會衝過太陽系邊緣的日鞘層，離開太陽系……他已經走了三十三年，在我出生的那一年飛上太空的……現在他即將離開太陽系前往更遠的地方，據說2020年後就再也收不到他的訊號……他上面有一百多張地球的各種樣貌、生物的照片，還有錄音，包括蟲鳴鳥叫、嬰兒哭聲等。希望外太空的其他生物能接收到這些訊息。」

沒有理會我片段的回應，他繼續說：「我覺得很有趣，他飄了這麼久，注定航向不知道哪裡去，往一個未知的空間持續前進……」

望著ＭＳＮ視窗，突然不明白，他說的究竟是航海家一號，還是他自己。

綠茶口味護唇膏

躺在床上看北野武的《菊次郎與佐紀》，眼角餘光瞥見右手邊半透明櫃子裡，有一管買了沒用的護唇膏，綠茶口味。去年冬天，搭上那條以癡漢聞名的路線，黃昏光線滿分地照進車廂，搭配電車在鐵軌上行進時發出的聲響，一不小心還以為自己活在岩井俊二的電影。

和朋友去看演唱會。途中轉車，大概有十分鐘空檔，到車站內買了點心打算墊肚子，還剩下六分鐘，超商裡隨意閒晃，看見收銀台旁，掛著新發售的綠茶口味護唇膏。我取下，吃力讀著上頭的介紹文字，朋友從對側的書店晃了過來，看見我手上的商品，「這之前沒看過耶，你可以買。」

面對勸敗聲，我當然就拿出SUICA，嗶一聲，買下它。返國後，在櫃子裡默默待了幾個季節，終於在這樣一個夜晚，被我取出，塗抹在夜半時刻、過分乾燥的嘴唇上。

人工綠茶香氣飄散，抿了抿嘴，甜。

我把護唇膏置回原包裝（假裝沒有拆過），扔回櫃子裡，繼續把《菊次郎與佐紀》看完。

饕餮者

常常覺得很餓。餓的時候，彷彿整個身體都在萎縮，只剩下胃在思考，整個人就從一個看不見的裂縫裡掉進去，向最深的黑，下沉到最底。

餓的時候易怒，所以總是積極地餵飽自己，找到正確的糧食，給予適時的補充，在最餓的懸崖邊緣，拉自己一把。

吃飽之後，便開始討厭自己，討厭先前像一隻獸那樣貪婪地需索著什麼的自己——吃飽後又顯得懶，不動，端坐在一可移動之物（車子？沙發？），任由自己鼓脹著所有方才進食的欲念，感覺如同懷著一個盒子，方方正正，硬篤篤的盒子是我的懷中物，它會孕出一些什麼？

獃極了，懷著一個盒子前進的我，總悔恨地想轉回畫面，回到飢餓，一點點適圖改善欲望填充法的悔恨。但時間已將我運送到不可知的下一站。

懷中的獸，就要撲出。

女侍者

深夜時分，去超市買一盒蛋。

結帳的時候，在我前一位的女孩，緩慢地從黑色運動外套裡拿出一個粉紅色皮夾。我漫不經心地看著她買的食品：白土司、太白粉、紅蘿蔔，只這三樣，無論如何想不出其間的關聯。但卻因而瞄見了她微膩的小波浪染金短髮，外套底下，是同色系的牛仔褲，在臀部的地方有著美麗的繡樣。她慢慢地拿出應給的零錢，小心翼翼地閉上錢包。一時之間，我看著她緩慢的手指，在空中微微晃動的時候，突然覺得她像極了村上春樹筆下那種以數字當做暱稱的女孩。

上一次遇見這樣的女孩，是在輕井澤附近的一間雪地餐館。雪已經停了，高原上有很厚的雪。因為工作的緣故，到了一間沒想過會相遇的餐廳，偽歐式裝潢，供應一種石榴紅柳橙汁，口味齊一的義大利麵。端來餐點的女侍，瘦高，短而黑的直髮，當她靜靜將每一樣食物擺放在我們面前的時候，我看見她的一隻義眼，安靜地置放於她的表情之中。

退伍

再三十七天就退伍了。算得這麼清楚也沒用，連長表示，「一切按表操課。」這一天，照例需要各種公差，我和小裕舉手加入金毛負責的後勤補給。庫房裡，我們一件又一件摺疊厚厚的迷彩外套，一邊聽小裕講一些五四三。金毛不知道被誰叫走了，時間過得好慢，陽光從高高的窗戶跌進來，有了曲折，被什麼黑洞吸掉一般，無法直線抵達我們棲在黑暗的身體。因此，手雖然沒停，迷彩外套卻無限增加，小裕的臉也愈來愈灰暗，都快看不清他的五官了。

在一個微妙的瞬間，我忽然驚覺，早已超越我們應該待在庫房的一整天，甚至，早過了領退伍令的那一天吧？我和小裕，卻還無面目地，身處黑暗中，不斷摺疊著那些帶有濃濃汗臭味的外套。終於，我忍不住問——

暗處，小裕抬起頭，幽幽對我說：「你不知道嗎？我們永遠不會退伍了。」

總在這個時候，我會驚醒過來。

發現自己早已退伍多年，躺在什麼無力負荷的死線之前。

苦楝的暗示

已經好幾年，我像個無知的人，盲目滑行同一條街，偶爾貪看太陽在午後極立體地停留，沿途綠樹，我總忘了名字。然後必定有一天，毫無防備的片刻，紅燈之後，踩踏油門，我的視線瞬間被一叢叢淡紫色給吸引：「啊，是苦楝樹啊。」於是想起那一年，載著寫詩的老師M，在花東縱谷，好孩子氣約了去看路邊一棵開花的大樹。M那天特地穿了一件紫色花襯衫，她開心地說：「因為要去看花。」M久未連絡了，每當苦楝樹開花，我便想起她。

在雨中

整個午後都是雨，沒有空檔的演出。黃昏時決定提早出門晚餐。把褲管拉高了，雨水仍從地面濺開，濺濕穿著人字拖的腳。吃完乾麵與湯，還有這季節剛好的涼筍，再次撐傘走入雨中，抱著某種決心。因為吃飽了，腳步更優閒了，望向對街人潮零星的館子，外觀可疑的指壓店，彩券行老闆訥訥望著車流。右手邊一處大亮的是加油站，因隔日油價將調漲，小小的長龍。兩名警察不知何故在入口候著。腳步繼續向前，一輛車泊在加油站最外緣，雨水和遮蔽的邊界。其時，加油站男孩已打開油蓋、插入油槍，車主不知為何仍下了車。雨水從邊界之上的天空，無差別地降下。望上去相當年輕的車主應是感覺到雨滴吧，他輕快將手上的傘撐開，人在傘下，與加油站男孩只有幾行雨的距離——沒出聲，他又默默將傘移動些許，如此，加油站男孩也在傘的保護之下了。

書店

第一次到九份樂伯書店，吃了一驚。不曉得什麼時候開在山坡上的一個書店，店內被書堆滿，走道幾乎難與另一人錯身。上到二樓，發現那好完整的文學書群，依出版社排列，許多消失在新書區已久的名字，都出現了。一一取下那些書，翻閱，像取下自己的青春期，想起為了買書，認真攢藏零用錢的日子。

侯季然拍一系列「書店裡的影像詩」，也拍了樂伯書店。他說，其實那兒每隔一陣子就會把所有藏書清空，再從各處收來新的書。我忘了問，清空是清去哪裡？但腦中倏地浮現了那滿滿的書櫃，一書不剩的畫面。

屬於樂伯書店的影像詩，題目很美：遊牧在城市間的書店——就拍樂伯城中收書，回到九份這一路所歷。原來書店不在九份。書店就是樂伯。

殺木瓜

很久沒有上市場買木瓜了。倒是常買盒裝的，深淺不一，香氣或淡或薄的果肉，用叉子取食。罕得上市場一趟，婦人攤上的餘果，皆入了我的提袋。回到家，拿刀將木瓜對半剖開，童年撲面而來。

小時候吃木瓜，多半母親剖好放桌上，拿走半瓣，碗籃裡撈根台式湯匙，到垃圾筒旁將木瓜籽刮落，再一匙一匙刨著吃。刮籽時，我總眼睜睜望著那些黑色的眼珠，像藏在木瓜腹內的委屈，傾巢而出。邊想，心有點畏，便將視線調遠，廚房後頭接著一條小弄，歪七扭八通往國小同學們的家。

若逢夜黑，則感覺那兒吹來的風更涼些。原因無他。在那一片密密相連的住家後頭，有一口就算大伙玩捉迷藏也不敢靠近的井。童年時代，自來水已經普遍，每年也只有端午節會裝一鋁盆曬過太陽的水給孩子們當夜洗澡。井是用不上了，廢在那裡，黑暗中是風擦過竹葉的聲響，濃黑裡的竹林，使那口井，像張在地上的大口，等著吞掉一個誰。

是小金還是阿如告訴我的呢？有個傷心的女人，投了那口井，竹葉的風，是她的哭聲。於是晚上我盡可能不走那條小弄，就連白天，我的腳步也必定加快些，我暗暗擔心，也許在竹葉的掩映中，會露出一張模糊的臉，對著我哭泣……於是連忙又將視線調回，望向垃圾筒，成堆成堆的眼珠，其中有一顆似乎特別哀傷，是她的眼。

極小的重疊

藏在巷弄裡標榜設計感的T恤店，每三日產地直送，款式百變。於是，週末時我淋著陽光滾燙，亦隨人潮漂流至此。在滿眼撩亂之中，貼著幾個年輕男孩，三兩次借過，來到後側擺放underwear的地方。櫃裡，聊勝於無的幾件貼身內著，我看見綠，橙，紅的底下，掩著一件紫灰條紋，正伸手要拿——我的手，在預期將觸碰到冰冷塑膠外膜的同時，觸到了一雙暖暖的手。

啊。

不好意思。

同時都收回了自己的。

只不過是一次最低限度的相遇，為什麼離開後卻仍感覺陽光像跟蹤的眼神，燙著我的背？我們帶著一式一樣的underwear離開那間店，一個左轉，一個右轉，各自被不知情的人們將這個極小的重疊，稀釋得更淡了。

晴朗的背叛

我們幸運極了／不確知／自己活在什麼樣的世界

——辛波絲卡（Wistowa Szymborska）

生活中偶爾會有這樣的時刻。

睡醒之間，發現天氣預報失靈，於是開心穿戴晴朗的預期出門。軟硬適中的風景，準確鑲嵌在視線之中：無具體方向，無確定事件，無必要指示，只有大把大把的時間可以零花，就像慷慨的陽光，從遙遠之處溫柔地向地球獻出。

隨意走進捷運站旁小徑，盡頭的二樓咖啡館，就這樣敞開了窗，接收溫暖。窗與樹等高，白色木桌椅上方站著乖巧透明杯子，遲到的朋友才剛剛發來簡訊，還滯留在充滿紀念意味的那一站。我翻開背包裡的詩集，辛波絲卡所暗示的字眼，像結晶的鹽，微鹹，無色，沉默地布滿我的舌尖。

我知道所謂的此刻是同時發生的，沒有絕對美好的一瞬。閉上眼，彷彿可以聞到鼓譟的示威抗議，不落幕的挖扒舉動，親子互動的糾擄吶喊，教育制度的創建失衡……啊，如果，輕輕扯動手中的經緯線，整個世界互為牽動的版面，就像波浪般堆擠到面前，終究是不夠聰明，無能撥開迷霧字典，只任由自己迅速縮小，成為一個他人眼中的錯字。

風來了，吹動咖啡杯上的白沫。優雅的辛波絲卡也會輕輕地說出「我不知道」嗎？在所有無知的總和裡，我逃出算式，在晴朗的默許下，在白色木桌的陪伴中，等待一個解答。

但有誰真正肯定晴朗的永久性？窗外，雲朵黑暗移動，就要迅速吃掉街上人群。我喝完最後一滴咖啡，穿過大雨離開。

正面的背面

我聽見人人在我體內邁步／於是擴大了我的孤獨／從開端到開端

——里爾克（Rainer Maria Rilke）

處理不了的厭煩，像淹漲的潮，從身體的底部漸漸向上。彷彿一切皆可棄毀，都不要了，已獲得最大負面價值：生活的霉味。進行中的曖昧身分。停航的事件。微乾涸的戀歌。失控存在線條。就像是去到地球上最長的一夜，躲在惡寒之中，想要把緊握的已存檔時光，撕裂成條狀，藉風揚遠。

當這樣的片刻來臨，誰也不能拯救，電力趨近於零，大量的自厭像綑了又綑的白色繃帶，無法拆卸。於是梳洗乾淨出門，單人漫遊不熟悉街巷。街頭洋溢溫馨風景，優閒人們彷彿有用不完的週末。綠樹環住社區，踅進巷弄中，一間咖啡館隱匿著。繞過門口北歐風家飾，內裡劈出一片俐落空間。

牆上，碩大的鐘注視著一切。

想起里爾克。在《定時祈禱文》裡，潛進虔敬生活、抓住微弱隱喻，使自己能接受時間撫摸、暢飲黑暗湧泉，換得更勇健心靈的里爾克，是如何使用謙虛，實踐修士生活，讓萬物穿過？那樣的自體孤獨循環，是否更能接近純粹核心？

當厭煩高築，被各色物質填滿的我，如何裝進任何觀察的微沫？茶淡了，透明的杯子是偽裝的，白色膠質桌體是虛載的，空間是變形的允許，唯有靜靜忍耐，像一方沉默而潮濕的織物。

久坐的午後，等窗外天光變老，等音樂放涼，等牆上懸掛的鐘面枯萎，或許，只有孤獨將永遠綻放，直到厭煩的潮汐無聊地褪去。我躡手躡腳從背面走回正面，像某一負數不小心回升為零。

膠帶

和阿B晚餐，餐後往捷運站，經過百貨，我的超市病又犯了——有一次在馬德里因為太認真研究架上衛生紙，錯過開往畢爾包的火車。其實什麼都不缺，硬要去巡邏那些開架式乾貨飲料甜點。會不會半夜突然餓了？辦公室只剩下自己時，好像很適合來一片黑巧克力？咦，沒看過這款罐裝咖啡，加了北海道牛奶喲。內心這些惡魔的聲音輪班，難得是個全身而退的夜晚，竟然沒帶走任何一包柚子胡椒米果，乳酸菌夾心餅，正麵，就要走出結帳區，不意發現收銀機旁擺了一款哆啦A夢形狀的巧克力最中！買兩個還特價！這怎麼能忍受呢，沒有遲疑，取下一對，結帳。

只有兩包小餅，當然不需要紙袋啦。收回找零，手還動作，眼睛已瞄到哆啦A夢可愛的笑臉上，被訓練有素的阿姨狠狠貼了一小截紅膠帶。肯定是我表情瞬間結凍，或者喉嚨出賣了我，暗叫一聲，阿姨馬上說：「那個可以撕掉……」

一搭上手扶梯，就開始摳。薄薄的膠帶，與軟塑料包裝袋無比親密地貼合。愈急著救出哆啦A夢的笑臉，膠帶愈不為所動。為什麼大家不覺得在商品正面貼上膠帶是失禮的事？就像剛買來的書，若不幸貼了折扣貼紙、好書桂冠，到家第一要務，必也是除害。

一邊摳，一邊碎念。一旁的阿B決定出手相救。此刻已來到捷運站入口，兩人邊下樓梯，邊為哆啦A夢的笑臉努力。但那膠帶，仍像公正不阿的馬賽克，在色情片裡扮演焦點所在。最後，我頹然放棄；阿B也沒成功。返家，速速拿出刀片，手捏著易碎的最中，仔細為膠帶挑開一個小口，還要小心別傷害哆啦A夢，終於，解決了那一小片極惡補丁。

阿姨大概不能理解：反正把最中吃完，包裝紙還不是丟掉？

我也不能理解，為何每日二校版，我都但願它平整無皺，好好收進檔案夾；讀到一半的書，為何不肯摺個貓耳朵備忘，或拿筆在它身體畫線；茶水間倒完水，為何一定要沿黑地磚走，貼緊牆壁，好像白色磚有雷？

有個朋友說，騎機車等紅燈，一定要把兩腳從腳踏板上挪開，平放地面，待綠燈亮起，再將腳收回。有時燈號瞬間轉換，明明來不及把腳放到地上，也要象徵性做一下那個動作……我明白啊，離開一台計程車，我會望向剛剛自己坐過的位子，在心裡飛快數到十。如果趕時間，只好借用周杰倫饒舌的速度。

這樣說來，單單希望膠帶貼在不影響哆啦A夢笑臉的位置，不是太過分吧？也有這樣的時候：去那間我慣愛的雜貨屋，買了一罐飲料搭配麵包，當然不需要紙袋啦。結帳時，店員將膠帶貼在茶飲旁側，遞回給我。辦公室裡，一邊咬著麵包，一邊打算撕去那片膠帶，才發現膠帶末尾，留有一個短短的對摺，像是懸在那兒的活路。

捏著那一小截尾巴，輕易地，就撕開了貼在我心上的咒。

如果擱置不理，會怎樣呢？

我偶爾收看一個日本偶像團體主持的節目，倒不是喜歡那幾個男孩百無聊賴的搞笑——他們有氣無力的對話總讓我想起氣虛的籃球，而是，那節目每次所挑選的主題。號稱會告訴你「老師不教的事」，言下之意，內容是為了苦悶青少年而設的。常被朋友笑稱心智年齡過低的我，偏偏也好奇著這些笑鬧中，偶能使我捕捉到一些哀樂中年的氛圍。比方說，那一天，我（並非準時收看），又不小心轉到該節目，他們所進行的主題便是：如果擱置不理會怎樣呢？

還有比這更能準確擊中我的命題嗎？

雖然我也曾透過這個節目，獲得了一些不知該擺放在哪裡的「了解」：窺見三百公斤巨漢如何搭乘海盜船、停車塔的內部原來頗為單調無趣、土撥鼠其實是相當聰明難以捕獲的動物……然而，我衷心佩服想出此一題目的人，在人生最巨大的無聊中，讓我們看見了時間的術。

如果一直不理苜蓿芽，會變成怎樣呢？

三天不整理儀容的變性人，如何示人？

浴室裡僅止一滴、旋不緊的水龍頭，滴了一個星期，會淹水嗎？

院子裡放了七天的蛋糕，剩下什麼？

生命中有多少事，如果一直擱置不理，會怎樣？不論是朝著美好或敗壞行去，此一命題，像頒發了一道賴皮的免死金牌：啊，可以不用解決，讓它自行發爛、腐朽、破壞，甚而昇華、加值、再生，毫不在乎，只等著時間的處決。

太棒了。

前些日子我開始感覺胸悶。一陣子的密集行程、壓縮式生活後，胸口那條年久失修的公路，被一個不知名的落石擊中，沉沉地墜壓著，平常不怎麼在意的氧氣，無法如常運送。物資斷絕後，我試圖深呼吸、伸懶腰，甚至不顧旁人眼光，做起體操，氧氣卻仍將我擱置不理。漸漸地，胸口彷彿築起密室，住著密實的黑暗，篤實如牆，遮住我的呼吸。一天，兩天，原以為是工作忙累，使我危危肉身零件失常，待工作告一段落就會恢復常態……

但，沒有。

稍微恢復生活常態後，胸悶現象仍然貼緊，像個壞侍衛，與我纏鬥對決。

忙碌後的倦怠產生時，餵以睡眠。當我黑暗中躺平，胸悶缺氧的狀況就消失，又一日到來，三天，四天……一週。

如果擱置不理，會怎樣呢？

心裡就浮起了這個念頭。

夜裡播放著旅行時買回來的影碟，François Ozon 的《最後的時光》（*Time To Leave*, 2005），看著映象，亦開始神經兮兮想著：片中與我同齡的男子，他即將面臨死亡的心境，該不會是預言著我的未來吧？

——終於還是貪生地去了醫院，在呼吸困難的第八天。順利地掛號、看診，醫生聽完病徵後，要我去照心電圖。

我穿梭迷宮般醫院內部，來到心電圖室。助理男孩接過我的健保卡和病歷表，抬頭問我：「你是那個作家嗎？」

我……

「原來你是用本名啊！」

這……

我乖乖拉起上衣，躺下，男孩捲起我的褲腳，將兩電極裝在我身上的幾個角落，他並且感人地說出曾經購買過我哪幾本書，最後補上一句：「你好像有一段時間沒出書了喔。」

我像一隻等待解剖的蟾蜍，尷尬仰臥在心電圖測量室裡，微笑。

離開之前，心電圖男孩還對我朗聲加油：「保重！」

我將測量結果交給醫生，被驗出有一點點心律不整，不過，醫生補充說明：「這些也可能是先天就存在的狀況。」

如果一直不理苜蓿芽，偶爾噴點水，它也能在蓬鬆鬈髮裡長大。

三天不整理儀容的變性人，其實沒有太大差別。

浴室裡旋不緊的水龍頭，一週間滴滿了半個浴缸。

院子裡放了一個星期的蛋糕，早被頑皮的貓吃光。

維持八天的胸悶，醫生要我放輕鬆，也許只是壓力太大了，但仍預約了照射超音波的行程。

如果擱置不理，會怎樣呢？

心臟沒有回答。

秋天應該做的事

1

秋天應該做的事我一件都沒做。

或者說，我不知道秋天應該做什麼。我想離開，到一個海邊的房間，躺下來，看天花板。我願意花很多時間看天花板，假裝自己不怕無聊。

窗外或許會有潮聲吧？如果用手指揩玻璃，會摸到那種濕。下雨也好，反正沒有要去哪裡。

秋天的風裡似乎藏著很多字。風很長，從很遠的地方吹過來。我伸手抓那些字，當然，什麼都沒抓到。

朋友從香港回來，帶回了我想吃的月餅。裝在鐵盒裡，最好一分為四，一次只嘗局部，否則必然太胖了。朋友捎來的提袋裡，還有一顆肥美的紅文旦。夜的下半場，我在沙發上凝視那顆文旦。此刻，秋天應該也跟我一齊坐在沙發上吧。獃在房間裡的秋天，比較沒有那麼多話要說，空氣中也沒有多餘的字。

電視節目已經重播又重播。

我想起好久沒有吃柚子了。每回同事所贈的柚子，我都拿來塗鴉。擱在辦公桌上。最終下落不明。今年風災，每一顆碩果都得來不易。朋友說，紅文旦是她的母親特地挑選的。我從沒見過紅文旦。比我想像中巨大。我甚至不知道該怎麼殺它。取起我唯一一把刀，試著割裂柚皮。很厚，像在割海綿似的，胭脂色的厚棉保護著內裡。割出裂痕，改用手剝，才能取出心臟般小小的果肉。

就這樣吃完一整顆紅文旦。不酸，微甜。空氣中揚著淡淡柚的氣味。

2

辦公室裡偶爾會出現藝人：擅用喉嚨寄出情書的；在同志電影裡，邊搭公車邊埋頭痛哭的；某三人女子團體；或是，「不要忘記你曾經是一名相撲選手」……

這一天出現的，是個推銷「愛的抱抱」的女生。

如果在秋天，一個愛的抱抱——該不會是抄襲侯文詠的吧？至少是林志玲。總之不是原創的。

有什麼擁抱會是原創的？

秋天，總使我想起一條瘦長的路。是大學時代，沿著溪流而建的一條路。溪水比較上游的地方，曾流過《天河撩亂》的現場。河淺，偶爾灘上會振起白鳥。白鳥總是那麼美，掠過我的眼。擁擠在風裡的味道、陪伴我同行的人、那時在意與不在意的事……直到如今，當相仿的秋天到來，那樣的畫面就未經預告地重映。

走在任何一條路，都會覺得是走在那條瘦長的路。

推銷「愛的抱抱」的女生出現時，大約有三分之二的人已經下班了。然而她還是在安靜的空氣中引發了騷動。平常視線總是平行於電腦螢幕的美術編輯們，也從正在進行中的工作抽身，在她的身旁成為一個小隊伍。她一邊微笑，一邊和每個陌生人擁抱。合照。他們分別獲得了編號第1029前後的數十個擁抱。她的業績額度是集滿一萬人。

工作性質的緣故，有人此刻才剛回返辦公室。他們也都獲得了擁抱。

我一直坐在座位上。旁觀他人的擁抱。看不見的黑河裡有一隻白鳥飛過。

That’s Right.

3

答應幫朋友餵貓。

朋友獲得一個五天四夜小旅行。臨走前，託孤一樣，將鑰匙寄附我。剛決定豢養這隻小貓時，她曾興奮地打電話給我，告訴我貓的名字叫「維他奶」。

但是當我見到那隻未滿足歲的小貓時，她已經幫貓改名「菠蘿飽」。

最近，朋友搬到離我住處步行時間約三首歌的地方。是我過去夜跑時會經過的某一戶樓房，附近有著巨大的鳳凰木和數不清的樹。

從小我沒有養過寵物。貓狗類向來不在我的生活範圍之內。也許是這樣的緣故，朋友在出發前，寫了張詳細到近乎囉嗦的「注意事項」，包括如何開門，如何添貓食、換水、清貓沙。一切都是新鮮的，畢竟我連在路邊餵野貓的經驗都沒有。

紙條上除了飛機班次，還留下了「貓咪緊急連絡人」的電話。應該是她另一位更有經驗但不克前來的朋友吧。

總之我如常地穿越著秋天。台北終於不下雨了，空氣中出現一種換過濾網的清新感。我在一樣的時間下班，駛著車來到她家巷子口。拎著鑰匙，走進無人有貓的空屋。剛開了第一道鐵門，「菠蘿飽」就開始「咪咪咪」地叫了起來。我小心翼翼打開第二道木門，不讓貓跑到外頭去。「菠蘿飽」一見我進來，完全不怕生地就在我腳邊挨蹭，打轉。然後輕快地在屋內移動奔跑著。

「注意事項」上交代我必須跟貓講話，但我實在不想喚牠「菠蘿飽」，就自動幫牠改名為「咪咪咪」了。

「咪咪咪」相當親切地跟著房間裡的陌生人——也就是我，以阻礙（陪伴？）我的前進為目標移動著。完成主人的交代項目後，我將靠窗的桌子上方的圓燈點亮。那是一個很漂亮的窗台，非常適合貓咪獃在上面發呆。「咪咪咪」也相當配合，獃在上面擺擺姿勢，任我拍照。工作完畢，我按熄了燈。

貓咪靜靜坐在暗處，看著我離開。

第二日，貓咪的食量似乎比主人預估得好些。碗裡的水幾乎沒減少，一碟貓食已淨空。我倒出新飼料，「咪咪咪」便津津有味地吃了起來。

我問，「咪咪咪，你很餓嗎？」牠一躍上了沙發，鑽入了白色防塵布裡，像是玩著迷藏。我與牠對望，「咪咪咪，你很無聊嗎？」沒有燈的屋子，沒有音樂，沒有人聲，沒有電視，沒有時常與牠對話的主人。牠都是怎麼過生活？當我拿著飼料，牠便尾隨到廚房內的高台，像一個巡邏者，不時又用頭摩蹭著牆。當我蹲在地上，用小帚掃起被牠踢到盆外的貓沙，牠就整隻貓拉長了身子，伸起懶腰，完全無視我打掃的行程。甚至，還伸起牠的小爪，試圖抓我的小掃把。

「咪咪咪，我在掃地耶。」這下我真的可以體會為什麼人要跟貓說話了。

第三天是個週末，我從家裡出發，帶著我的音樂，深夜裡穿越微涼街道，稍微有點熟稔地拜訪了貓。這一日，我被困在一篇始終無法完成的作業裡，出門吃了一碗熱麵，拿回乾洗的兩件外套，閱讀完畢數份文件與電視節目，洗了一週末洗的髒衣服。我不知道「咪咪咪」一整天做了什麼，但是當我換好貓食，依約添換一些新的貓沙，還跟牠一人一貓在空曠屋內兜轉了好一會，終於要離開時，牠擋在門口，也想跟著離開了。

我對動物的生活一無所知，只能以人類的處境去想像。想必是，牠感覺到了某種遺棄的可能？身為被豢養的寵物，雖然獨占了一座空屋，卻終究還是無法自由。

自由是一種妄想嗎？漂亮的窗台鑲著大片透明玻璃，牠會否曾經戀慕某一隻蝴蝶？牠如何看待滿窗的綠？當夜晚隨著地球轉動而到來，牠如何迎接黑暗將嬉戲的房間塗滿？那對牠而言，也有著與我程度相仿的恐懼嗎？

盤桓了不知多久，牠終於放棄。我鬆了一口氣，關上門，散步回家。

最後一天，工作的緣故，我到的比平常更晚一些。經歷了一場漫長的會議，我的腦中還有許多符號與字眼飄飛著。不知道朋友抵達異國哪一座城市了。我走在日常安靜的小徑，想像「咪咪咪」或許已經睡著？

然而，當我打開鐵門，小貓細細的叫聲依舊準確傳來。第二道木門還沒推開，牠已經整隻貓賴在我鞋邊，假裝慵懶的樣子。隨後，牠敏捷地一翻，又蹭了蹭木櫃，便走開了。

房間裡好安靜，牠也相對地靜默了些。不再跟前跟後，當我倒完貓食，牠也不急著享用。我赤著腳，走在木板地面，牠忽近忽遠，偶爾纏著我的牛仔褲，偶爾輕輕嚙咬我一秒鐘，只是一秒鐘，剛感覺到牠的牙齒，牠隨即又跑遠了。

隔天下午，朋友就會回來了。這將是我最後一次來餵貓。我點亮了靠窗的桌子上方的圓燈，「咪咪咪」也不靠近，就只是忽然想起了什麼似的，吃了幾口貓食。偶爾，就又來嚙咬我一秒鐘。表情相當無辜。一副牠沒有錯的樣子。

直到我要回家了。我向牠道別。「咪咪咪，我走啦，掰掰。」

小貓以一種毫不相讓的姿態擋在了門口。

走廊上的燈光，篩過鐵門上的鋼條，散落在地板上。

我試著關上木門，讓牠明白「不可以往外跑」與「我要走了」的事實，但我亦沒有勇氣先打開鐵門——萬一牠真的跑出去，我沒把握能喚牠回來。

於是，人貓對峙，在陰暗與明亮的黏貼處。牠索性站高了身子，趴在鐵門上，強烈宣告牠要離開的心意。

我望著牠的背影，「咪咪咪，拜託，你留在這裡看家啦。」

牠抖了抖身子，從我身後繞開，躍上了門邊的木櫃。眼神打量著。我以為牠放棄了，便將木門拉開，牠旋又跳回地面，擋在我前方。這一次，不只是趴著鐵門，更用爪子攀上鐵絲網，像攀岩一樣，愈攀愈高，直到觸到門板的最上緣。

我想起朋友說，「希望撿來的貓長大會變成雲豹。」看來是潛力無窮。

發現攀爬無效之後，「咪咪咪」索性就在門邊坐了下來。

我又好氣又好笑地，拍下牠的背影。我沒有問，「咪咪咪，你要去哪裡？」只是站著，望著牠無法被解釋的背影，等時間躡足經過，直到一個我也不理解的片刻，牠起身慢慢走向黑暗之中；我將門關妥，搭電梯下樓，與貓相背，走回另一個無人空屋。

九歌文庫 1190

知影

作者	孫梓評
責任編輯	羅珊珊
創辦人	蔡文甫
發行人	蔡澤玉
出版發行	九歌出版社有限公司 臺北市105八德路3段12巷57弄40號 電話／02-25776564・傳真／02-25789205 郵政劃撥／0112295-1
九歌文學網	www.chiuko.com.tw
印刷	晨捷印製股份有限公司
法律顧問	龍躍天律師・蕭雄淋律師・董安丹律師
初版	2015（民國104）年5月
初版2印	2016（民國105）年4月
定價	300元

書號	F1190
ISBN	978-957-444-994-1

（缺頁、破損或裝訂錯誤，請寄回本公司更換）

國家圖書館出版品預行編目資料

知影 / 孫梓評著. -- 初版. --
臺北市：九歌, 民104.05

面； 公分. -- (九歌文庫；F1190）

ISBN 978-957-444-994-1（平裝）

855 104004097